곱게 늙기

곱게 늙기

송차선 지음

샘터

캐나다의 토론토는 다문화도시입니다. 토론토의 다운타운을 걷다 보면, 언뜻 보아도 황인, 흑인, 백인이 각각 33%인 것처럼 보여서 여러 인종이 어울려 사는 다문화도시를 실감케 합니다. 이러한 도시의 분위기와 같이 필자가 다녔던 토론토 대학교에도 온갖 인종의 학생들로 넘치는데 동양계 여성도 많이 있었습니다. 그런데 동양계 여학생 중에 한국, 일본, 중국 학생들은 서로 외모가 비슷하여 언뜻 알아보기 힘들지만, 한국 여학생을 알아보는 방법이 하나 있다고 유학생들은 말합니다. 얼굴에 화장을 하고 있으면 100% 한국 여성이라는 것인데 의식하고 보니 그 말이 맞는 것 같았습니다. 그래서 알고 지내던 한국 여학생에게 한마디 했습니다.

"아직은 화장 안 해도 예쁠 나이야. 나중에 화장을 해야만 예쁠 나이가 되면 그때 해."

저는 그 말에 수긍을 할 줄 알았는데 의외의 답을 들었지요.

"화장을 해야 해요. 화장하는 것이 여성으로서 예의예요."

저야말로 그 대답에 수긍이 가지 않았습니다. 도대체 그것이 왜 예의이며 누구에 대한 예의인 것인지. 저는 더 이상 논쟁하지 않고 이야기를 접었습니다. 아무튼 젊다는 것이 예쁜 것이라는 사실은 젊었을 때는 모르는 것 같습니다. 저 역시 20대 때만 해도 한 외모 한다고 자신했지만 알고 보면 젊기 때문에 예쁘게 보였던 것이었겠지요. 그러나 나이가 들어보면 젊다는 것이 예쁘다는 것을 알게 됩니다.

40대에 유학을 시작했으니 적은 나이는 아니었지만, 그래도 제 자신이 아직 젊다고 생각했던 시기였습니다. 그런데 어느 날 거울에 비친 제 모습을 보면서 기겁을 했습니다 예전에 탱탱하던 모습은 이미 사라졌고 중년의 낯선 남자가 거울 앞에 서 있었던 것이지요. 자신이 늙어가고 있다는 사실을 새삼스럽게 자각하게 된 것이 그때였습니다.

'아, 나도 역시 늙어가고 있구나.'

사회친구들은 이미 학부모가 되어 자녀들이 나이 들어가는 것을 보면서 자신도 늙어가는 것을 자각할 수도 있겠지요. 하지만 장가를 안 간 신부로서는 자신이 늙어가고 있다는 것을 느끼기 쉽지 않은 것 같습니다. 신학교의 한 교수 신부님은 전철을 타고 가는 중에 자신보다 나이가 어린 사람에게 자리를 양보하는 웃지 못할 일도 겪었습니다. 자신이 그 사람보다 더 젊다고 생각했던 것이지요. 신부들은 그런 착각을 자주 합니다만, 필자역시 늘 젊다고 생각하며 살아왔습니다. 어쨌든 얼굴이 예전 같지 않음을 보고는 이런 생각이 들었습니다.

'어차피 세월이 가면 늙는 것인데, 받아들이자. 하지만 기왕 늙는 것 곱게 늙자.'

저는 이때부터 젊게 보이기보다는 곱게 늙는다는 것에 관심을 갖게 되었습니다. 나이가 들어서 어느 날 갑자기 곱게 늙을 수는 없을 겁니다. 아직은 젊었을 때 곱게 늙을 준비를 하고 그과정을 거쳐야 곱게 늙어 있을 것입니다. 그래서 이제 삶의 또 다른 목표가 생겼습니다.

'곱게 늙자.'

아직은 50대 후반인 필자에게 어느 날 석관동 본당에 있는 시니어아카데미 요셉대학(예전에는 어디서나 노인대학이라고 불렀지만 노인이라는 단어가 거슬린다는 이유로 이제는 시니어아카데미라고 합니다)에서 강의 요청이 들어왔습니다. 무슨 주제로 강의를 해야 할지 잠시 고민을 하다가, 평소에 묵상하며 성찰해왔던 주제인 '곱게 늙기'로 정했습니다. 강의를 듣는 어르신들에 비해서 아직은 많이 어려 보일 수 있는 필자의 이야기가 과연 저분들에게 설득력이나 호소력을 가질까 의구심이 들었던 것이 사실이었습니다. 하지만 강의는 의외로 반응이 좋았습니다.

그 이후 본당에서 가족캠프를 가게 되었는데, 이틀째에는 산, 바다, 문화기행, 익스트림스포츠 등 4개의 코스를 만들어 선택할 수 있도록 했습니다. 그러나 여기저기 다 가기 싫은 사람들만 모아서 5코스를 만들어 제가 대신 '놀아드리기로' 했지요. 설마 캠프까지 와서 아무 데도 안 가는 사람은 없을 것이라고 생각했는데, 예상을 뒤집고 5코스 신청자는 무려 8명이나 되었습니다. 그리고 그분들은 전부 나이가 많은 할머니들이었지요.

이분들과 무엇을 할까 생각하다가 오후에는 나물 캐기를 하고 오전에는 요셉대학에서 호응이 좋았던 '곱게 늙기'라는 주제를 가지고 강의를 해야겠다고 생각했습니다. 쉬는 시간 포함하여 1시간씩 2회 강의를 대화하듯이 했는데 반응은 마찬가지로 좋았습니다. 그분들은 한결같이 "이 좋은 이야기를 못 들은 다른 코스 간 사람들 어쩌나!"라고 말하는 것이었습니다.

　캠프를 마치고 돌아와서 캠프 평가를 하면서 이러한 이야기를 했더니, 준비위원들은 빨리 그것을 정리해서 책으로 내라는 권고를 했습니다. 이미 세 권의 책을 냈지만 나의 생각이 활자화된다는 것은 늘 부담스러운 일이라서 은퇴하기 전까지 다시는 책을 쓰지 않겠다고 다짐을 했는데, 석관동 성당의 가족캠프 준비위원이었던 노상천 유스티노, 이한용 베드로 형제님 같은 분들이 강력하게 독려를 했습니다.

　당시에 때맞춰서 졸작 《화해와 치유》 5쇄 표지부터, 그리고 《자유로운 영혼을 위하여》의 표지 디자인을 해주었던 이하영 마리아와 가회동 성당을 지을 때 가장 큰 협조자였던 김미경 요안나가 함께 석관동 본당을 방문하며 제가 책을 쓰기로 결심하는 데 결정적 역할을 했습니다. 특히 이하영 마리아는 자신의 어머니를 위해서라도 하루가 급하니 빨리 써달라고 주문을 했습니다. 그래서 은퇴하기 전에는 절대 책을 쓰지 않겠다고 다짐을 했던 것이 무너지고 이렇게 또 집필하게 되었습니다.

이 책의 내용은 요셉대학의 강의 내용을 바탕으로 했습니다. 바야흐로 고령화시대가 열렸고, 늙어감이라는 불가피한 자연적 현상을 어떻게 받아들일 것인가 하는 담론을 시작할 때입니다. 통상적으로 80대에 자연사한다고 가정했을 때 아직은 죽을 때까지 갈 길이 남아 있는 필자로서는 곱게 늙는 것이 목표이고, 그래서 이 책은 독자에게 어떠한 지침을 준다기보다 필자가 그렇게 살고 싶다는 자기고백의 성격이 강하다고 하겠습니다.

안다는 것과 산다는 것은 분명히 다르므로 알고 있거나 자각하고 있는 것을 실제로 살아내기 위하여, 필자 역시 곱게 늙는 것을 목표로 자신을 향한 채찍의 의미로 서술하였음을 밝힙니다. 필자와 같은 뜻을 가지고 있는 독자들이라면 조금이나마 도움이 되기를 바라며, 함께 곱게 늙기에 동참할 것을 기대해봅니다. 그래서 이 책이 노인들뿐 아니라 청춘들이나 중장년들에게도 유익하면 좋겠습니다.

"상을 얻으려고 그 목표를 향하여 달려가고 있는 것입니다"

(필립비 3, 14)라고 하는 사도 바오로의 말씀은 올림픽에 나간 선수들을 연상하게 합니다. 곱게 늙는다는 것은 목표를 향해 달려가는 올림픽 선수들과 같을 수 있습니다.

주제들을 모아 정리하다 보니 공교롭게도 올림픽의 알파벳을 따서 설명하는 것이 가능해져서 OLYMPICS로 요약이 되었습니다. 우연의 일치인지 하느님의 배려이신지 모르겠지만 올림픽이라는 단어는 누구나 아는 쉬운 단어일 수 있고, 그것으로써 내용을 기억하기 좋겠다는 생각이 들었습니다. 물론 이 단어들에 집중하다 보니 외연이 한정되어 더 하고 싶은 이야기를 모두 담기가 어려웠음을 아쉬움으로 남깁니다. 그래서 누군가가 다음 이야기로 졸작의 부족함을 채워줄 것을 기대합니다. 우리 모두 아름답고 곱고 품위 있게 늙기 위해서 올림픽(Olympics)에 참여합시다.

끝으로 이 책이 나올 수 있도록 독려해주신 위에 언급한 형제자매님들께 감사를 드리며, 책의 교정을 기꺼이 맡아주신 고등학교 은사이시며 아름답게 늙어가는 모델을 보여주고 계시는 박휘섭 아오스딩 선생님께도 감사를 드립니다. 특히 이 책의 영감을 주셨으며, 늘 본받고 싶은 삶을 살아오셨고, 지금은 천국에 계시는 김수환 추기경님께도 감사를 드립니다. 끝으로 지금도 곱게 늙어가는 모습을 몸소 보여주시는 어머니께 감사와 함께 이 책을 드립니다.

2017년 12월 20일
사제연례피정을 마치며
의정부 한마음수련원에서

차 례

1장

[Open 개방]

열린 마음에 관하여

열린 마음

◇

어린이들은 처음 만나는 사람이라도 서로 탐색하거나 따지지 않고 마음을 바로 열 수 있기 때문에 쉽게 친구가 됩니다. 그래서 아동을 대상으로 한 범죄가 쉽게 일어나는 것이 아닌지 모르겠습니다. 어린이들은 피부색이나 인종에도 관계없이 누구와도 쉽게 친해지고 금방 친구가 될 수 있다고 합니다. 일단 친구가 되면 친구와 자신 사이에 너와 나의 구분이 거의 없고 친구와 자신은 동일시됩니다.

이처럼 어린이들이 누구와도 쉽게 친구가 될 수 있는 것은 어린이들이 가지고 있는 순수함 때문이겠지요. 그 순수함은 개방성입니다. 마음을 쉽게 연다는 것이지요. 하지만 어린이들도 차츰 나이가 들어가고 호불호가 분명해지면서 사람을 가리어 사귀게 되고 친구에 대한 외연은 점점 좁아집니다.

나이가 들면서 마음은 차츰 닫히고 이에 따라 친구를 사귄다는 것도 쉽지 않게 됩니다. 어릴 때와는 달리 나이가 들수록 친구를 사귀는 것이 조심스러워지고, 새로운 사람을 만나 친구가 될 때까지 서로를 탐색하는 기간도 길어집니다. 필자가 두 번째 대학교를 다닐 때 가장 친했던 친구도 친구가 되기 전에 저를 1년 6개월 정도 관찰했다고 고백하는 것을 들은 적이 있습니다. 그는 제가 정태춘의 〈떠나가는 배〉를 부르는 것을 보고 친구해도 되겠다는 결정을 내렸답니다.

이렇게 친구를 사귀는 것도 나이가 들면 신중해지는 모양입니다. 뿐만 아니라 처음 만난 사람들에게 자신의 속마음을 완전히 열기까지도 많은 시간이 걸리지요. 특히 살다 보면 사람에 치이고 관계 속에서 이리저리 상처도 입으면서 점점 사람을 대하기 싫어지기도 합니다. 심지어는 가장 가까운 가족들까지도 왜 그렇게 자신의 마음과 다르고 제각기인지 모르겠다고 더러는 푸념을 합니다. 피를 나눈 가족조차도 내 마음에 들지 않는데 하물며 아무 인연이 없는 타인이라면 더 말할 필요도 없겠지요. 이러한 상태가 심해지면 이 세상에 내 맘에 드는 사람은 하나도 없다는 생각이 들면서 점점 마음을 닫게 됩니다.

사람을 만나서 관계를 맺고 살아가는 것 자체가 쉬운 일은 아니지요. 그래서 관계가 힘들다고 느껴지면서부터 사람을 만나기가 점점 싫어지게 되면 몇몇 관계만 유지하고 나머지 관계는 모두 끊고 살기도 합니다. 더구나 관계 속에서 서로 상처를 주고 상처를 입는 것이 심해지면 차라리 모든 관계를 다 단절하고 혼자 지내는 것이 편하겠다고 느낄 때도 있을 겁니다.

이러한 마음의 움직임은 나이가 들수록 더 심해질 수 있습니다. 어쩌면 노인이 되면 긴 세월을 살아오면서 맺어온 관계와 관계 속에서 지칠 수 있기 때문이지요. 이때 차라리 마음을 닫고 사는 것이 한편으로는 편하게 살아가는 방편이 될 수도 있겠다는 생각을 하기도 합니다. 그러나 그러한 태도는 또다시 자신을 괴롭히는 원인이 되기도 합니다. 왜냐하면 사람은 외부와 완전히 단절된 채 혼자 살아갈 수 없기 때문입니다. 뿐만 아니라 마음을 닫고 살면 사회성뿐 아니라 사회적응력도 떨어지고 점점 고립되어서 결국은 외로움과 고독감이 극대화될 수 있기 때문이지요.

마음의 문을 쉽게 열었던 결과가 힘들고 고통스러웠던 것이었다면, 그래서 마음의 문을 쉽게 닫아버린 결과로 자신을 더욱 힘들게 하는 결과를 낳게 될 것입니다. 사람들과의 관계를 차단하고 자신 안에만 온전히 갇혀 있게 되면 심한 경우 우울증으로 이어지면서 자신을 심각하게 파괴할 수도 있습니다. 우리가 어려서부터 들어온 '인간은 사회적 동물이다'라는 말은 틀림이 없는 말입니다.

노동에 시달리는 사람들조차도 일이 힘든 것이 아니라 사람이 힘들게 하고 관계가 힘들다는 말을 많이 합니다. 사람은 누구나 편한 쪽으로 선택하려는 경향이 있어서 굳이 힘들게 관계를 만들어갈 필요가 있는지에 대해서 회의적이기도 하고, 사람을 피하고 싶을 때도 있지요. 그래서 나이가 들고 늙어가면서 자신을 개방하는 것을 어려워하는 사람들이 많이 있습니다. 하지만 마음의 문을 열고 나와야 소통이 이루어지고, 그 소통을 통해서 인간은 성숙해집니다. 물론 인간관계가 사람을 피곤하게 하는 것은 사실입니다. 하지만 인간관계 없이 사람은 성숙해질 수 없습니다.

　성숙한 사람들을 평가하는 기준 중의 하나는 자기 개방성의 정도에 있다고 주장하는 학자들도 있습니다. 마음이 개방되고 소통이 잘 되는 사람이라면 그 사람을 대할 때 누구나 편안함을 느낄 것입니다. 하지만 반대로 마음이 닫혀 있고, 그래서 소통도 잘 안 되는 사람이라면 상대방이 불편함을 느끼겠지요. 불편한 사람과 함께 지속적으로 관계를 맺으며 살아가고 싶은 사람은 그리 많지 않을 것입니다. 그렇다면 자신은 편안한 사람인지 불편한 사람인지 생각해볼 문제입니다. 내가 개방적이고 소통이 잘 되는 사람이라면 누구라도 나를 편안하게 느낄 수 있습니다. 내가 이웃에게 편안한 사람이 되어줄 수 있다면 그러한 이유만으로도 사랑받을 수 있습니다. 그렇게 되려면 마음을 열어야 합니다.

　반대로 마음을 열지 못한 채 오랜 세월을 보낸 사람들 중에는 미성숙한 사람들이 많습니다. 물론 그 사람들이 쉽게 마음을 열지 못했던 것은 상처받을 것에 대한 두려움 때문이겠지요. 괜히 마음을 열었다가 상처를 입으면 자기만 손해라는 것이 은연중에 학습되었는지도 모릅니다. 하지만 아픈 만큼 성숙해진다는 말도 있지 않나요. 아파야 하지요. 그것도 충분히 아파해야 성숙해지는 것이랍니다. 그런데 성숙해지지 않아도 되니까 아픈 것은 피하고 싶다면, 그래서 자기 개방에서 오는 불편함이나 고통을 피하기만 한다면 '언 발에 오줌 누기'의 결과가 될 수도 있습니다.

마음을 닫는 것이 심해지면 자폐증(autism)이라고까지 할 수는 없겠지만 자폐(自閉)라고는 할 수 있겠지요. 스스로가 담을 쌓는 폐쇄적인 삶은 고통의 해결책이 되지 못합니다. 관계를 맺어가는 것이 힘들지만 함께해야 하는 것이지요. 자기 개방은 때로는 아픔을 수반하지만 자신을 성숙시키는 길이기도 합니다. 그럼에도 나이가 들수록 사람을 기피하고 싶은 것이 보통 사람들인 것 같습니다. 그런 마음이 제 안에서도 일어나고 있지만 마음을 닫고 싶은 유혹과 끊임없이 싸울 때 내가 성숙해진다는 것을 알고 있기 때문에 저는 늘 그런 유혹을 이겨냅니다.

어느 날 동창 신부 모임 중에서 제가 특정 인물에 대해서 험담을 한 적이 있었음을 부끄럽지만 여기서 고백합니다. 하지만 그때 저는 험담을 했다기보다는 옳고 그름을 잘 식별해야 한다는 신념에 가득 찬 태도로 당당하게 비판을 하는 것이라고 생각했었지요. 구체적으로 말하자면 그 사제는 왜 조금도 손해 보려 하지 않느냐는 것이었습니다. 예수님께서 손해 보고 살았듯이 예수님을 본받아 살아가는 사제라면 때로는 손해를 보더라도 감수해야지 왜 조금도 손해 보려 하지 않느냐는 것이 요지였습니다. 물론 지금도 그런 주장 자체가 틀렸다고 생각하지는 않습니다. 그런데 그런 이야기를 막 시작하는 중이었는데 동창 신부 가운데 가장 막내 신부가 제 손을 슬그머니 잡는 것이었습니다. 그러지 말라는 것이었지요. 그러고는 판단하면 판단받을 것이라는 복음말씀(마태 7, 2)을 슬그머니 저에게 했습니다. 저는 즉시 하던 말을 멈추고 말았지요.

그리고 며칠을 두고 그 일로 내 자신을 성찰했습니다. 비록 옳고 그름을 식별해야 하는 문제임에는 틀림없지만, 그렇게 비난했던 제 마음의 깊은 내면에는 '나는 그렇지 않아'라는 오만함이 깔려 있음을 발견할 수 있었습니다. 내가 비난했던 그 사제의 태도가 내 안에는 없을 수도 있지만 또 다른 측면에서 나도 비난받을 수 있는 부분이 있다는 것입니다. 분명 쓴 성찰이었지만 관계가 없었다면 그린 성찰의 기회도 주어지지 않았을 것입니다.

사람은 누구도 완전할 수 없고, 부족하고, 실수할 수 있고, 잘

못할 수 있고, 죄도 지을 수 있는 존재이지요. 인간은 완성을 향한 여정 속에서 아직 성인(聖人)이 못 되었다면 완성될 때까지 이 땅에서 더 살아가야 합니다. 만약에 성인이 되었다면 그것으로 이미 완성이 된 것이기 때문에 이 땅에 계속 남아 있을 이유가 없습니다. 그러한 사람은 천사들과 같이 되어서 하늘나라에 가야 하지요. 이 땅은 부족한 사람들이 모여 사는 곳이랍니다. 저 역시 그중 한 명이고요.

이렇게 내 자신이 성찰할 수 있었던 것도 마음이 열려 있었기 때문이라고 스스로 진단합니다. 마음이 열려야 충고가 들어옵니다. 그리고 마음이 열려야 비록 아픈 충고라고 하더라도 그것을 받아들일 수 있습니다. 그러한 받아들이는 과정 안에서 내적인 성장이 이루어집니다. 받아들임은 곱게 늙어가는 비결 중의 하나일 것입니다. 받아들임이라는 것은 여러 가지 측면에서 성찰할 수 있는 화두이지만 여기서는 몇 가지만 생각해보도록 하겠습니다.

받아들임

◇

　문이 닫혀 있는 방이라면 그것을 열지 않고는 어느 누구도 그 안으로 들어갈 수가 없습니다. 마음의 문도 마찬가지여서 마음을 열지 않으면 아무도, 그 무엇도 마음 안에 들어갈 수가 없게 됩니다. 마음의 문을 닫으면 자신도 자기 안에 갇혀 있게 되어 답답하고 괴롭겠지요. 그래서 마음의 문을 닫으면 고통스러운 것은 자기 자신뿐입니다. 문을 열 수 있는 것은 오직 자신뿐이기 때문에, 문을 열지 않아 고통스러운 것은 자기기 자신을 힘들게 하는 것과 같습니다. 이것은 문을 열고 나오면 될 것을 골방에서 홀로 앉아 있는 괴로움을 상상해보면 쉽게 이해할 수 있습니다.

반대로 마음을 열면 내가 세상으로 나갈 수도 있지만 세상도 내 안으로 들어오게 되겠죠. 그리고 현실이라는 실재(reality)도 내 마음의 방으로 들어오게 될 것입니다. 현실은 내가 마음을 닫은 상태에서 계속 거부하는 한 받아들일 수 없는 실재이지만, 마음을 열면 비교적 쉽게 받아들일 수 있습니다.

나이 들어감을 받아들이기

세상에 영원한 것은 하나도 없습니다. 세월이 가면 싱싱했던 것도 시들기 마련이고 존재하는 모든 것은 소멸하게 되어 있지요. 가을이 되고 잎이 떨어져야 봄에 다시 새싹이 납니다. 인생도 그런 것이지요. 내가 늙어서 시들어가고 마침내 죽어야 후대에 의해서 이 세상이 아름답게 꾸며집니다. 기계도 오래 쓰면 녹슬고 고장 나 부속을 갈아주기도 합니다. 마찬가지로 나이가 들면 약해지고 병들고 아픈 것이지요.

흰머리가 나는 것은 그런대로 봐줄 수 있을지도 모릅니다. 하지만 머리카락이 빠지기 시작해서 몇 오라기 남지 않은 듯이 보이면 괴로울 겁니다. 뿐만 아니라 눈도 침침해지고, 귀도 잘 안 들리고, 관절의 연골도 다 닳아버려서 아프고, 기억력도 떨어지고, 금방 하려고 했던 말도 떠오르지 않고, 도대체 한두 가지가 아니니 노화 현상을 나열할수록 짜증스럽기 짝이 없겠지요.

그렇다고 인상을 쓰거나 괴로워하거나 칭얼거리면 아무도 좋아하지 않습니다. 괴로워한다고 현실이 바뀔 것 같으면 하루 종일 괴로워하면 되겠지요. 그러나 괴로워하거나 칭얼거린다고 바뀌는 것도 아니고, 산다는 것이 원래 그런 것이라면 받아들일 수밖에 없겠지요. 하지만 그러한 인생의 현실을 못 받아들이면 자신만 괴롭게 됩니다. 자기 자신만 괴로우면 그나마 다행인데 주변 사람들까지도 괴롭힐 수 있으니 문제입니다. 그러니 자기 자신뿐 아니라 주변 사람들을 위해서라도 노화의 현실을 받아들여야지 어쩌겠습니까.

만약에 우리가 삶의 현실을 받아들이지 못하고 괴로워하며 인상을 쓰고 다닌다면 그 모습을 바라보는 사람들은 '저 나이가 되도록 서렇게 속이 좁을까'라고 비난하며 추하게 바라볼지 모릅니다. 어머니의 동생인 이모는 늘 아프다고 하면서 어머니에게 우울증을 호소하셨다고 합니다. 객관적으로 보면 어머니의 노화나 건강 상태가 이모보다 더 심각한 상태입니다. 그러니 어머니 눈에는 엄살이나 과장된 모습으로 비쳤던 것 같습니다. 어머니는 어느 날 칭얼대는 이모에게 호되게 야단을 쳤다고 하셨습니다. 그래서 저는 어머니에게 말씀드렸죠.

"엄마, 이모가 그런 것은 관심받고 싶고 사랑받고 싶어서 그러는 거야. 야단치지 마세요."

물론 이러한 이모의 모습의 핵심 감정은 사랑과 관심을 받고 싶은 몸부림일 것으로 짐작했습니다. 노년에도 어린애처럼 투정을 부리는 것은 어쩌면 사랑받고 싶다는 것의 다른 표현일 수 있습니다. 그런데 어른이 애처럼 굴면 오히려 역효과를 얻어서 사랑받기보다는 거부당할 수도 있습니다. 노년이 되어서도 사랑받고 싶으면 어른다워야 하고, 품위 있고 곱게 늙으면 됩니다. 각설하면, 노화에 따르는 힘든 현실을 받아들이지 못하면 본인뿐 아니라 주변 사람들도 괴롭히거나 추해 보일 수도 있다는 겁니다.

나이가 들고 늙어가면서 기력이 떨어지고, 병들고, 그래서 아프고, 그렇게 죽어가도록 만들어진 것이 인간이고 그것이 현실이지요. 그러한 삶의 현실을 바꿀 수는 없습니다. 그러니 받아들일 수밖에 없지요. 받아들일 수밖에 없는 노화의 육체적인 퇴락은 말할 것도 없고, 설상가상으로 외로움이 노년에 더욱 크게 밀려오기도 합니다. 하지만 외로움조차도 피할 수 없는 당연한 현실이니 투정부리거나, 거부하거나, 원망할 일은 아니지요. 그저 받아들일 수밖에 없는 일입니다.

시인 류시화는 〈그대가 곁에 있어도 나는 그대가 그립다〉는 시를 썼지요. 제가 이해하기에는 인간의 채워지지 않는 마음의 빈 공간을 노래한 듯합니다. 인간은 원래 고독하고 외로운 존재이지요. 거기에다가 소외감까지 밀려온다면 어떨 때에는 견디기 힘들기도 할 겁니다. 그러나 그러한 인간의 모습은 피할 길이 없으니 즐기면 됩니다.

필자가 캐나다 유학 시절 인문학을 외국어로 공부한다는 것 자체가 몹시 힘든 일이었지만, 여러 가지 힘든 것 가운데 하나가 외로움을 극복하는 것이었습니다. 그러한 점에서 부부가 함께 유학을 온 목사님들을 보면 때로는 나보다 더 좋은 조건에서 공부하는 것처럼 보이기도 했습니다. 사랑하는 부인이 곁에 있으면 그래도 외로움의 짐이 조금은 덜어질 테니까요. 하지만 저는 그때 터득한 것이 있습니다. 위의 시인이 노래한 것처럼 인생이 그런 것이라면 외로움을 달래기 위해서 어떠한 다른 방법을 찾아내거나, 외로움과 싸워서 이김으로 해서 해결될 문제가 아니라는 것이지요. 누가 그런 말을 했는지 모르지만 피할 수 없으면 그냥 즐기면 되는 것이었습니다.

유학 시절에 필자가 외로움이나 고독을 즐기는 방법을 연습한 것은 사제로서 평생을 혼자 살아가야 하는 처지에 좋은 학습의 기회였던 것 같습니다. 사실 한국에 있으면 많은 사람과 함께 해야 하고 사목에 쫓기면 외로울 사이가 없지요. 하지만 유학 중에는 상황이 다릅니다. 사방이 외국말이고 혼자서 수업 듣고 혼자 공부하며, 우리말을 할 기회를 갖지 않으려고 한국 사람을 피하다 보면 외로움이 쉽게 다가옵니다. 그래도 혼자 밥 먹고, 혼자 커피숍에 앉아서 차를 마시고, 혼자 여행 다니고 하면서 '이렇게 외로운 것이 인생이야'라고 혼자 중얼거리며 외로움을 즐겼습니다. 외로움은 피할 수 없는 것이어서 즐겼던 겁니다.

외로움을 즐긴다는 것은 외로움 자체를 받아들인다는 뜻이지요. 이렇게 받아들이면 될 것을 받아들이지 못할 때 우리는 삶을 힘겨워합니다. 현실을 받아들이지 못하는 모습은 추하게 보일 수도 있습니다. 외로움을 이기려고 동호회에도 들어보고, 걷는 것이 허락되면 여러 사람이 어울려서 등산이나 자전거도 타보고, 옛 친구를 만나보고 해도 집에 홀로 돌아와 그 허전함을 달랠 길이 없어서 술 한잔 기울이며 외롭다고 한탄하는 사람이 있다면 저는 이렇게 말해주고 싶습니다.

'인생이 원래 그런 거야, 외로운 거야.'

자신의 현재 모습을 받아들이지 못하는 사람들을 많이 봅니다. 예를 들면 나이가 들면서 남성들보다는 여성들이 사진 찍는 것을 싫어한다는 것을 알았습니다. 젊다는 것이 예쁜 것인데 이미 얼굴에서 풋풋한 젊음이 사라지고, 더러는 예전보다 얼굴이 많이 커졌으며, 배도 나오고, 주름도 있는 자신의 모습을 받아들이기 힘든 것이겠지요. 그럴 수 있다고 봅니다. 하지만 젊음에 지나치게 집착하는 모습, 특히 외모에 대한 지나친 집착은 조롱의 대상이 될 수 있습니다. 왜냐하면 아름다움은 절대로 외모에만 있지 않기 때문입니다. 뿐만 아니라 아무리 젊음으로 포장하려 해도 늙음을 가리는 데에는 아무 소용없습니다. 아무리 콜라겐을 많이 먹고 얼굴에 발라도 조금 좋아 보이기는 하겠지만 원천적으로 노화를 피할 수는 없습니다. 그러니 여러 가지 애써가

며 힘들게 포장하는 것보다 내면의 아름다움을 가꾸는 편이 훨씬 유익할 것입니다.

그렇다면 내면의 아름다움을 어떻게 말할 수 있을지에 대해서 계속 풀어나가도록 하겠습니다. 그러나 여기서 짚고 넘어가고 싶은 중요한 것 중 하나는, 나이가 들어감을 받아들이는 것이 받아들이지 못해서 몸부림치는 것보다 훨씬 더 아름답다는 것입니다.

부족함을 받아들이기

고령화되면서 일반적으로 나타나는 현상 중의 하나는 독립성의 상실일 것입니다. 경제적으로나 신체적으로 누군가의 도움을 받지 않으면 혼자 살아가기가 어려워진다는 뜻이지요. 생활에 있어서도 집안 청소와 빨래, 취사 문제도 젊어서는 혼자서 쉽게 하지만 고령화되면 몸도 잘 움직이지 않으니 젊어서 쉽게 했던 일들도 혼자서 쉽게 해결할 수 없는 경우가 생깁니다.

고령화되면 입맛을 잃으니 잘 만들던 음식의 맛도 제대로 내기 어려워집니다. 예전 김수환 추기경님의 생전에 있었던 일이 기억납니다. 추기경님께서는 가톨릭대학교 성신교정과 같은 울타리 안에 있는 주교관에서 말년을 보내셨습니다. 그 주교관에서 추기경님께서는 특수 사목을 하는 사제들과 함께 식사를 하셨습니다. 그런데 명절 등 주방 직원이 출근을 하지 않을 경우에 추기경님은 같은 울타리 안에 있는 가톨릭대학교 교수 식당에 와서 식사를 하시곤 했습니다. 어느 날 추기경님께서 교수 식당을 찾으셨습니다. 저도 교수 식당에서 추기경님과 함께 식사를 하던 중에 장난삼아 여쭤보았습니다.

"추기경님, 주교관 식당이 더 맛이 있나요, 교수 식당이 더 맛이 있나요?"

그때 추기경님께서는 저를 어이없다는 눈으로 쳐다보시면서 말씀하셨습니다.

"자네도 내 나이 되어보게. 맛으로 먹는 것이 아니네. 그냥 살기 위해서 집어넣는 거지."

이 말씀에 마음이 많이 아팠지만 고령화되면서 입맛을 잃게 된다는 것과 그러한 현실은 불가피하다는 것을 알게 되었지요. 그때부터 저는 아직 젊고 입맛이 있을 때 무엇이든 맛있게 먹자고 생각하며 많이 먹다 보니 체중이 늘기도 했습니다. 노인이 되면 입맛을 잃게 되고, 자신이 입맛을 잃으면 젊어서 아무리 음식을 잘했어도 늙어서는 그 맛을 낼 수 없게 되는 것이지요. 이와 같이 노령화되면 어쩔 수 없이 결핍 속에서 살아가야 하는 삶의 현실을 받아들여야 합니다.

과거에는 대가족 제도가 일반적이었지만 요즈음 핵가족 시대에 황혼 이혼도 늘고 있어서 노인 혼자 기거하는 경우가 많아졌지요. 노인이 독거할 때를 생각해보면 여성의 경우는 남성에 비해서 그래도 비교적 독립적으로 살아가기 쉬운 편입니다. 여성은 평생을 주방일과 가사를 돌보아왔다고 전제하면 적어도 독거 생활만큼은 어느 정도 남성보다 더 쉽게 대처할 수 있겠지요. 그래서 독립성의 측면에서 남성은 여성보다 훨씬 부족할 수 있습니다. 그렇다고 해서 여성들에게 독립성이 영구히 보장되지는 않을 겁니다. 나이가 들어 기력이 약해지면 남 녀 할 것 없이 누군가의 도움을 필요로 하는 시기가 오기 마련이지요. 그럴 때 어떻게 해야 할까요. 물론 독립적 생활에 적응하는 것도 필요하겠지만 이웃으로부터 도움을 받는 것에 대해서도 자유로워져야 할 것입니다. 예를 들어보죠.

저의 어머니는 어느 날 뇌졸중이 와서 시신경을 건드려 그만 한쪽 눈은 시력을 완전히 잃으셨고 다른 한쪽 눈은 흐릿하게 보인답니다. 이웃에 같은 성당을 다니는 교우가 필자의 어머니께서 눈이 먼 것을 알고는 반찬을 해주기 시작하셨답니다. 그러나 어머니는 매번 해주시는 반찬을 받으면서 미안한 마음이 들었고 또 남의 신세를 지는 것에 늘 부담스러워하셨지요. 그래서 미안한 마음으로 반찬을 그만해줘도 된다고 그 교우에게 말했다고 합니다. 어머니의 말씀을 듣고 저는 어머니에게 말씀을 드렸죠.

　"반찬 해주는 것에 대해서 미안해하지 마시고 받으세요. 그분도 자신이 먹기 위해서 어차피 반찬을 만들 것이고, 그때 조금 더 만들어서 주는 것일 텐데 너무 부담 갖지 마세요. 본인은 기쁘게 해주는 것인데, 어머니가 왜 쩔쩔매세요? 어머니에게 반찬을 해 드리는 기쁨을 어머니가 빼앗는 것일 수도 있다고 생각해봐요. 그분에게 선행을 하고 공로를 쌓을 기회를 주세요."

　그러고는 어머니께 다음과 같은 예를 들었습니다. 본당에서 한 신자와 상담하다가 성당을 다니지 않는 딸이 정신적으로 고통을 받고 있다는 것을 알았습니다. 제가 그 딸을 만나서 면담을 해보니 그 딸은 공부를 하고 싶은데 집이 경제적으로 너무 어려워서 아르바이트라도 하며 집안을 도울 수밖에 없었지요. 공부를 해야 하는 젊은 나이에 일을 할 수밖에 없는 억압(depression)이 그 딸을 우울증으로 몰고 갔고, 마침내 정신과에 입원까지 해야 했던 것입니다.

그래서 치료 차원에서 공부를 할 수 있게 환경을 만들어주고 싶었는데 저 혼자 감당하기에는 액수가 조금 큰 편이어서 본당 신자들 몇 명의 후원자를 모집해서 같이 도와주기로 했습니다. 그 후원자들은 누구를 도와주는지도 모르고, 그 딸 역시 누구에게 도움을 받는지 모르게 후원을 해왔습니다. 그런데 후원하기 시작할 때 그분의 딸이 후원금을 돌려주며 후원금을 못 받겠다고 했습니다. 누구의 도움을 받는다는 그 자체도 부담스럽고, 혹시라도 결과가 좋지 않게 나오면 후원자들에게 면목이 없을 것이라는 우려 때문이었지요. 그때 저는 그 딸을 다음과 같이 설득했습니다.

"나영(가명)이가 후원자에게 좋은 일을 할 기회를 준 것이니 오히려 그분들이 나영이에게 감사해야 할걸! 그들이 누구를 후원하는지도 모르니까 좋은 결과를 못 내거나 실패해도 돼. 그들은 기쁘게 후원하는 것이니까, 그들에게 기쁨을 빼앗아서는 안 되겠지. 그리고 그들이 선행을 통해서 하늘나라에 보화를 쌓는 기회를 준 것이니, 오히려 나영이가 그들에게 좋은 일을 할 기회를 준 것이야."

그 딸은 저의 설명에 수긍했고 지금도 열심히 공부하고 있습니다. 그래서 이 이야기를 필자의 어머니에게 해드렸더니, 어머니는 납득을 하시고는 다음부터는 누군가가 반찬을 해 주거나 도움을 주면 기쁘게 받겠다고 하셨습니다. 이렇게 기쁨을 주고자 하는 사람의 선의는 받아들일 수도 있어야 하겠지요. 뿐만 아니라 부족함을 느끼는 사람들은 기쁘게 베푸는 사람들에게 선행을 할 기회를 줄 수 있습니다. 가난한 이웃, 도움이 필요한 이웃, 고통 받는 이웃은 우리가 선행을 할 기회를 제공합니다. 마찬가지로 노년이 되면 경제적인 것만이 아니라 신체적으로도 모든 것이 결핍되어 있고 부족한 상태가 됩니다. 그렇다면 누군가의 도움이 필요하고, 그래서 누군가가 도움을 주거나 베풀어 주면 그것을 받아들일 수 있어야 합니다. 그래야만 도움을 주거나 베푸는 사람에게 기쁨을 주는 것입니다.

품위 있게 살아가기 위해서 한 인간이 갖는 독립성은 중요한 것이긴 하지만 때로는 도와주는 것을 여유롭게 받아들일 필요도 있습니다. 노년이 되어 자신의 부족함을 받아들이는 것도 마음을 열 수 있어야 가능한 것입니다. 나이가 들어도 가질 수 있는 열린 마음의 여유로움은 주변 사람을 편하게 하며 이 또한 아름다운 노인의 모습이 아닐 수 없습니다. 자신의 부족함을 열린 마음으로 받아들이고, 그래서 그 부족함을 채워주려고 하는 이웃도 기쁘게 받아들이면 베푸는 이웃도 역시 기뻐할 것입니다.

성경에 자주 등장하고, 예수님께서 자주 언급하셨던 고아나 과부는 자기의 잘못으로 그렇게 가난하고 소외된 계층으로 전락한 것이 아니지요. 마찬가지로 노인은 자기의 잘못으로 나약해지고 가난해지는 것은 아닙니다. 그러니 어느 누구도 노인의 결핍을 나무랄 수 없고 또 노인 스스로도 원망할 이유가 없습니다. 그저 편하게 자신의 결핍을 인정하고, 그 결핍을 채워주려는 선의를 가진 사람들의 마음을 받아들이면 됩니다. 일하려 하지 않거나 게으른 자들과 같이 존중할 가치가 없는 경우가 아니라면, 노년들의 결핍을 방치할 정도로 세상이 무자비하거나, 각박하거나, 냉랭하지 않다고 저는 믿고 있습니다.

이 세상에 모든 것을 다 갖추고 부족함이 없이 살아가는 사람이 몇이나 될까요. 그것은 물질적인 것 말고도 내적인 문제도 그렇습니다. 성격이나 기질이 완전하다는 것 자체도 그 기준이 모호합니다. 그래서 만족스럽지 못한 상태에서 서로의 부족함을 받아들이고 살아가는 것이 인생이지요. 그렇다면 열린 마음이 필요합니다. 나도 잘못할 수 있고, 실수할 수 있고, 모든 것을 다 잘할 수도 없고, 모든 것을 다 알 수도 없습니다. 내가 그렇다면 이웃도 나와 큰 차이가 없지요. 모든 것이 다 만족스럽고 마음에 들 수는 없습니다. 우리는 자신의 부족함을 받아들일 때 이웃의 부족함도 받아들일 수 있습니다. 그래서 먼저 자신과 화해하는 것이 우선되어야 하고 또 중요합니다.

자신과 화해하는 문제에 있어서 우선 고려해야 할 것이 자신의 열등감 문제를 해결하는 것입니다. 이 문제가 해결되지 않으면 자신도 괴롭고 남도 괴롭힙니다. 그러니 늘 얼굴을 붉히며 지내게 되고 스스로 자신의 모습을 추하게 만들어갑니다. 이러한 문제는 저의 졸작《화해와 치유》에서 이미 언급했으니 여기서는 생략할까 합니다. 그러나 한 가지만 보충을 하자면, 자신과 화해해야 초연해진다는 것입니다.

자신의 부족함을 받아들여 부족한 자신의 모습으로부터 초연해지면 이웃과의 관계에도 초연해질 수 있습니다. 그래서 설령

이웃이나 친구나 가족들이 나에게 잘못을 저지르거나 실망을 주거나 만족스럽지 못해도 그것이 자신을 괴롭히지 않게 됩니다. 그럴 수 있는 것이 보통 사람이라고 받아들이기 때문입니다. 그렇게 초연해질 수 있는 노년의 영혼은 아름답고, 그래서 사람들로부터 존경을 받게 될 것입니다. 이렇게 되려면 먼저 마음을 여는 것으로 시작해야 합니다. 다른 사람에게 내 마음을 여는 것보다 자신이 자신에게 우선 마음을 열어야 하겠지요. 이렇게 마음을 여는 것이 아름답게 살아가는 시작입니다.

죽음 받아들이기

우리는 살아가면서 많은 경험을 하지만 죽음을 경험해본 사람은 아무도 없을 것입니다. 그래서 자신의 삶이 영원하지 않음에도 불구하고 영원할 것처럼 살아가지요. 그러다 보니 죽음은 현실로 받아들이기 어려운 문제가 되었습니다. 그리고 과거에는 집에서 사람이 죽었기 때문에 죽음은 늘 사람들 가까이 있었지만, 요즈음은 대부분 병원에서 죽기 때문에 죽음은 우리 곁에서 멀리 떨어져 있게 되었습니다.

　그래서 죽는 날이 언제일지 아무도 모름에도 불구하고 자신에게 숙명처럼 찾아올 죽음을 마치 남의 일처럼 생각하기 쉽지요. 하지만 우리는 죽음을 생각해야 지금의 삶에 충실할 수가 있습니다. 예를 들면 '오늘 내가 낭비했을지도 모르는 하루는 어제 죽은 사람이 그렇게 간절히 살고 싶었던 하루'라고 생각하면 지금 나는 무엇을 할 수 있는지 좋은 생각들이 떠오를 겁니다.

　나이가 들었다고 곧 죽는 것도 아니고 젊다고 마냥 오랫동안 살 수 있는 것도 아니지요. 우리는 언제까지 살게 될지 단 하루도 보장받은 것이 없기 때문입니다. 하지만 누구나 예외 없이 찾아올 죽음을 평소에도 묵상하며 산다면 지금을 보다 더 성실하게 살 수 있겠지요. 평소에도 죽음을 받아들이는 연습을 하며 살아갈 때 우리의 삶은 경건해지고 거룩해질 수 있습니다. 죽음을 받아들이는지 거부하는지에 따라서 사람은 전혀 다른 모습을 보입니다.

　죽음에는 순서가 없지만 통상적으로 노인들은 죽음에 가까울 것으로 생각합니다. 그래서 노인들이 청년들보다 죽음을 받아들일 준비가 더 잘되어 있어서 죽음 앞에서 초연할 것으로 기대합니다. 하지만 전혀 그렇지 않음을 사목을 하다가 알게 되었습니다. 병자성사[1]를 주다가 서로 상반된 두 환자를 본 예를 들어봅니다.

한 분은 굉장히 재산이 많은 분이었는데 암 말기로 곧 죽음을 눈앞에 두고 계셨던 분입니다. 재산은 많으나 인색한 분이었는데, 병자성사를 청해서 병실을 방문했지요. 그런데 그분은 병자성사를 받아야 하는 현실을 받아들이기 힘들었던 것 같습니다. 병자성사는 죽음에 임박한 환자에게 주는 성사라는 것을 알고 계셨던 것이지요. 그러면서 "나, 안 죽어. 내가 왜 죽어야 해? 안 죽어!"라고 소리를 지르며 괴로워하였습니다. 얼굴은 너무나 고통스러웠고 두 손을 꼭 쥔 채 몸부림을 쳤습니다. 그리고 병자성사를 받고 난 며칠 후에 세상을 떠나셨습니다. 그러나 이와 정반대의 경우도 있었습니다.

어느 날 아침 구역장으로부터 병자성사가 났다고 연락이 왔

---

1) 성사(聖事, Sacramentum)는 '보이지 않는 하느님의 은총이 표징을 통해 드러나는 것'을 말하며, 가톨릭에서는 세례성사, 견진성사, 고해성사, 성체성사, 성품(신품)성사, 혼인성사, 병자성사와 같은 7가지 성사가 있습니다. 그중에서 병자성사는 예전에 종부성사로 부르기도 했는데 주로 임종에 이른 사람에게 베푸는 성사입니다.

습니다. 그때 저는 오전 중에 강의 준비를 해야 했으므로, 구역 장에게 점심 이후에 가도 되겠는지 먼저 상황 파악을 해보라고 부탁했지요. 보통의 경우 환자의 가족들은 마음이 급해서 얼른 사제가 와서 병자성사를 해주기 바라지만 실제로 가보면 객관 적으로 그렇게 위급한 상황이 아닌 경우가 많기 때문입니다. 그 래서 위급한 상황이 아니라면 강의 준비를 마치고 갈 요량이었 지요. 그런데 아무래도 병자성사를 먼저 다녀와야 할 것 같아서 구역장에게 바로 가겠노라고 전화를 하고 달려갔습니다.

그 집에는 할머니 한 분이 누워 계셨고 며느리와 신자들 몇 분이 모여 있었습니다. 며느리의 말대로라면 할머니는 지난밤 부터 오전까지 미동도 하지 않으시고 숨만 쉬고 계셨는데 흔들 어도 반응이 없고 말을 해도 들으시는지 못 들으시는지 알 수가 없다고 했습니다. 그러고는 며느리가 그 할머니의 귀에 대고 말 했습니다.

"어머니, 신부님 오셨어요. 병자성사 주실 겁니다."

그 말이 끝나자 할머니의 두 눈에서는 눈물이 흘러내리기 시 작했습니다. 할머니는 사제를 기다리고 계신 것이 틀림없었습니 다. 그러나 인간 '송차선'을 기다렸다고는 조금도 생각할 수 없었습니다. 젊은 사제가 모셔 온 그 병자성사, 하느님의 자비와 은총을 기다리셨던 것이지요. 저는 할머니의 귀에 대고 말씀드렸습니다.

"할머니, 병자성사하겠습니다. 하느님께서 자비와 은총을 베푸실 겁니다."

병자성사를 마치자마자 할머니는 바로 숨을 멈추셨고 이어서 장례를 치르게 되었습니다. 그때 할머니의 표정은 참으로 평화롭고, 밝고, 편안해 보였습니다. 이렇게 할머니께서 죽음을 잘 받아들일 때의 표정과 두 손을 움켜쥔 채 몸부림치던 재산이 많았던 그분의 표정은 너무나 대조적이었기 때문에 20년이 지난 지금도 생생하게 기억합니다. 이렇게 죽음을 어떻게 받아들이느냐에 따라서 그 끝이 아름다울 수도 있고 추할 수도 있다는 생각이 듭니다.

사람이 죽으면 이 세상을 떠난다고 합니다. 그러면 떠나서 어디로 가나요. 이 말의 함의는 죽음이 끝이라는 것입니다. 개신교에서는 오래전부터 사람이 죽으면 '소천(召天)했다'라는 표현을 쓰기 시작했고 지금은 일반적으로 사용합니다. 이 표현은 하늘이 불렀다는 것인데 하늘에 인격을 부여한 것입니다. 세상을 떠나서 어디로 가든지 아니면 하늘이 부르든지 공통점은 죽음으로 해서 영원한 끝이 아니라 죽은 다음에 무엇인가 있다는 것이겠지요.

그리스도인들은 죽음이 영원한 끝이 아니요 새로운 삶으로 옮겨가는 것으로 신앙고백을 합니다. 이러한 가톨릭의 신앙 안에서는 죽음도 삶의 한 부분이 되는 것이지요. 그렇기 때문에 필자에게 죽음은 더 이상 두려운 존재가 아니라 오히려 호기심의 대상이기도 합니다. 그 호기심은 물리적 존재를 벗고 나서 순수한 영적 존재가 된다는 것은 어떤 것일까, 나는 나를 자각할까 등등입니다. 하지만 그것은 가톨릭신앙 안에서나 가능한 생각인 것이지 죽음 자체는 두려움입니다.

죽음을 받아들이지 못하는 이유는 두려움이겠지요. 만약에 죽어서 모든 것이 끝이라면 나는 무엇인가, 나는 죽었는데 세상은 마치 아무 일 없다는 듯이 잘 돌아가고 있다면 얼마나 억울한가, 한 번도 경험하지 못한 죽음 이후는 무엇인가, 혹시 죽어서 정말 심판과 상벌을 받는다면 나는 어찌 되는가 등등의 불확실한 사후에 대한 두려움은 생각하기조차 싫은 대상일 것입니다.

그러나 분명한 것은 죽음의 문제는 피할 수 없는 인간 실존이고 받아들일 수밖에 없는 현실입니다. 그렇다면 죽음을 받아들이지 못해서 아우성이나 몸부림치며 추하게 죽어가는 것보다 잘 받아들이고 평화롭게 죽는 것이 더욱 품위 있는 일이겠지요. 그래서 더욱 우리는 평소에도 죽음을 생각하며 살아야 할 것입니다.

누구나 생각하고 싶지 않은 죽음이지만 받아들임이 받아들이지 못함보다 더 유익하고, 품위 있게 세상을 떠날 수 있다면 받아들이는 것이 더 좋겠지요. 누구나 태어났으면 죽게 되어 있고, 셀 수 없는 사람들이 그렇게 세상에 나타났다가 사라졌으며, 나 역시도 예외 없이 이 땅에서 물러나도록 되어 있습니다. 그러니 열린 마음으로 죽음의 현실을 지금 받아들이면 현재의 삶에 충실해질 수 있고, 마침내 그날이 오더라도 두려움이나 미련이 없이 죽음을 쉽게 받아들이게 됩니다.

죽음을 미리 받아들이면 우리의 삶은 유한성에서 무한성으로 넘어가게 되지요. 비록 우리는 누구나 유한한 존재이지만 무한성을 상정하고 그 안에 내 자신을 던지면 모든 일에 있어서 연연함이 없이 초연해질 수 있습니다. 그리고 이내 마음은 평화로워지고 표정도 좋아집니다.

변화의 수용

◇

　나이 든 이를 젊은이들은 기성세대라고 부릅니다. 그렇다면 기성세대란 무엇인가요? 필자는 중년의 나이임에도 불구하고 스스로 기성세대라고 생각하지 않습니다. 그 이유는 제 자신이 변화에 유연하기 때문입니다. 기성세대는 변화를 싫어하거나 두려워하여 새롭게 무엇인가를 시도하기보다는 현상 유지를 하고 싶어 합니다. 기성세대의 특징 중 하나이지요. 그래서 과학기술뿐 아니라 사고나 문화, 관습, 삶의 방식 등등 세상은 끊임없이 변화하는데 그 변화에 적응하지 못하거나 변화를 원하지 않으면 소위 말하는 기성세대가 되는 것입니다. 변화되는 모든 것들에 대하여 마음이 열려 있어야 기성세대라고 일컫는 진부함에서 자유로워집니다.

저 역시 처음부터 변화에 유연했던 것은 아닙니다. 진정한 보수가 자신의 이익이나 재산을 지키는 것이 아니라 참되다고 생각하는 가치나 철학, 또는 문화를 지키는 것이라면 저는 예전에는 보수적이었습니다.

일반대학 시절에는 서울의 한 여자대학교 총학생회의 회장단과 가까이 지낸 적이 있었습니다. 그때는 군사독재 시절이었으므로 젊은이들의 고민도 깊었던 시기였지요. 요즈음에는 여성들이 길에서도 당당하게 흡연을 하지만 당시에는 여성들, 특히 여학생들이 길에서 담배를 피우면 뺨을 맞을 수도 있었던 시기였습니다. 그런데 총학생장만 빼고 나머지 단과대학생장들은 모두 흡연을 했습니다. 그들과 학사주점에서 늦게까지 술을 마시며 함께 담배를 피우기도 했습니다. 복학생 정도의 나이였던 저는 그들보다는 연장자였으므로 어느 날 작심하고 흡연에 대해서 훈계를 해야 하겠다고 마음을 먹고 그들을 학사주점으로 불러냈습니다. 여느 때와 마찬가지로 함께 술을 마시면서 여성 흡연에 대해서 한마디 충고를 시도했다가 그만 '자폭'하고 말았습니다. 그들에게 저는 졸지에 '꼰대'나 다름이 없었고 바로 진부한 기성세대로 낙인이 찍히고 말았지요. 그들 주장의 요지는 이러했습니다.

"50년 전만 하더라도 남녀칠세부동석이 당시의 윤리적 기준이었어요. 그런데 세월이 지난 지금 형이랑 이렇게 마주 앉아 있어도 아무도 뭐라고 하지 않아요. 세상이 바뀐 거죠. 그런데 만약 50년 전으로 거슬러 올라가면 우리는 같이 앉아 있을 수도 없어요. 그러면 그때의 잣대로 지금을 단죄할 수 있나요? 마찬가지로 지금은 여성 흡연에 대해서 안 된다고 말하지만, 50년 지난 후에 여성도 자연스럽게 흡연하는 것이 허용되는 세상이 오면 지금의 여성 흡연을 어떻게 윤리적으로 단죄할 수 있어요?"

그 후 50년도 채 안 지났는데 이제는 여성 흡연에 대해 비교적 너그럽게 용인되는 세상으로 바뀌었고 그들의 주장이 옳았습니다. 그들은 명시적으로 말하지는 않았지만 결과적으로는 문화적 상대성에 대해 말한 것이었습니다. 저는 그 일 이후에 많은 것을 생각하게 되었고, 훗날 사제가 되기 위해서 가톨릭대학교 성신교정에 편입학을 했습니다.

사제 지망생들은 자연철학부터 시작해서 현대철학까지 공부를 하고 그 토대 위에서 신학을 공부합니다. 그러한 교육 과정 속에 윤리철학이라는 과목도 있었습니다. 그 과목의 기말고사에서 '문화적 상대성에 대하여 논하고 이를 평가하시오'라는 시험 문제가 출제되었고 저는 최고의 성적을 받았습니다. 이미 위의 사건으로 고민했던 것이 해결되었고, 그것을 답으로 썼기 때문입니다. 그 답안지를 여기에 그대로 옮길 수는 없겠지만 그렇다고 해서 저는 상대주의에 빠져 있지는 않습니다. 그러나 그것은 변화에 대해서 늘 열려 있게 된 계기가 되었습니다.

문화적 상대성이라는 측면에서 봤을 때 많은 노인들이 자신의 문화의 절대성을 고집하는 경우가 많이 있습니다. 그래서 나이가 들면서 흔히 어른들, 특히 노인들의 눈에는 젊은이들의 행태가 곱지 않게 보이기도 하지요. 한동안 젊은이들 사이에 힙합바지가 유행했던 시절에 그 바지를 입지 않으면 젊은이가 아닐 정도로 너 나 할 것 없이 입고 다녔습니다. 그때 부모들은 염려와 걱정을 섞어서 이구동성으로 아이들을 비난했습니다.

"저놈의 바지, 꼴도 보기 싫다. 바지로 온 동네를 다 청소하고 다닐 거냐? 신부님 제발 저 녀석들을 좀 말려주세요."

그때 저는 이렇게 대답했습니다.

"지나가는 겁니다. 그냥 두세요. 나이 들어 군대 다녀올 정도 되면 입으라고 해도 안 입어요. 자매님 젊었을 때 미니스커트 안 입었어요? 나도 나팔바지가 유행하던 시대에 나팔바지 입었는데, 지금은 입으라고 졸라도 안 입어요. 지나가는 건데 그냥 내버려두세요."

기성세대와 새로운 세대 사이에서는 언제라도 문화적 충돌이 일어날 수밖에 없습니다. 기성세대는 자신의 문화를 지키려 하고 새로운 세대는 자신의 고유한 문화를 만들어갑니다. 여기서 서로 다른 문화를 가지고 있는 세대 간의 충돌은 불가피한 현상입니다. 하지만 그러한 문화적 충돌을 통해서 인류가 발전하는 겁니다. 이렇게 세상이 변화되고 발전하는데 변화가 두려우면 스스로를 고립시키는 것입니다. 그래서 변화에 대해서 마음을 열어야 합니다.

그리스의 자연철학자 헤라클레이토스(Heracleitos)는 모든 존재는 생성과 소멸을 반복하며 끊임없이 변화된다고 주장했지요. 예를 들자면 우리가 보는 강물은 똑같은 강물이지만 두 번 다시 똑같은 강물에 들어갈 수 없다고 그는 주장합니다. 존재하는 모든 것은 변하기 마련이라는 것입니다. 이러한 생각은 훗날 경험론으로 발전합니다.

　그러나 그러한 주장과는 반대로 파르메니데스(Parmenides)는 우리 눈에는 모든 것이 변화되는 것처럼 보이지만 그러한 세상 너머에 영구불변하고 부동의 존재가 있다고 주장했습니다. 예를 들면 사람이 앉는 '의자'는 여러 형태가 있고 끊임없이 생성되고 소멸하지만 원래 '의자'라는 개념이 있으니 의자가 만들어지고, 다양한 의자가 존재하며, 세월이 가서 낡고 소멸한다고 하더라도 '의자'라는 개념은 영구불변한다고 주장합니다. 이러한 생각은 훗날 합리론으로 이어집니다. 저는 여기서 두 철학자의 상반된 존재에 대한 철학적 해석의 진위를 논하고 싶은 것이 아니라 헤라클레이토스가 바라본 현상세계에 대한 진실성을 말하고 싶은 것입니다.

　세상에 변화되지 않는 것이 어디 있나요. 모든 것이 변화되는 것이라면 외적이든 내적이든 나도 변화될 수 있고 또 변화되어야 합니다. 더구나 우리는 인간으로 태어났지만 인간으로서 완성된 사람은 아무도 없기 때문에 스스로 변화에 개방되어 있어야 합니다. 그래서 사도 바오로는 말합니다. "여러분 자신이 변화되게 하십시오."(로마 12, 2) 그럼에도 불구하고 사람들은 변화를 싫어합니다. 나이가 들수록 더욱 변화를 싫어합니다. 하지만 사람은 변화되어야 내적으로, 인격적으로, 심지어는 신앙적으로 성장합니다. 우리는 모두 인간으로 태어나기는 했지만 인간으로 완성된 사람이 아무도 없다고 전제한다면 산다는 것은 완성을 향한 여정 속에 있다고 말할 수 있을 겁니다.

변화를 두려워하면 첫째가 꼴찌 되고 꼴찌가 첫째 된다는 말이 현실화될 가능성이 있음을 확인하게 될 겁니다. 예를 들면 마태오 16장 21절 이하는 베드로의 신앙 고백 후에 이어지는 내용입니다. 베드로의 신앙 고백으로 예수께서는 베드로의 이름까지 고쳐주시고 그 위에 교회를 세우며 베드로에게 천상의 열쇠를 줍니다. 사실 베드로에게 엄청난 권한을 주신 것이지요. 그런데 21절 이하에서는 완전한 반전이 일어납니다. "사탄아 내게서 물러가라. 너는 나의 걸림돌이다"라고 호통을 치신 것이지요.

하늘 높게 들려졌다가 바닥까지 내동댕이쳐지고 첫째가 꼴찌 되는 그러한 상황이 왜 일어났을까요. 예수님께서는 수난과 부활을 동시에 예고하셨는데 베드로는 수난만 귀에 들이온 겁니다. 그래서 베드로는 "맙소사, 주님! 그런 일은 주님께 결코 일어나지 않을 것입니다"라고 합니다.

사람들은 보통 보고 싶은 것만 보고, 듣고 싶은 것만 듣기 때문에[2] 들었다고 모두 들은 것이 아니지요. 마찬가지로 예수께서는 고난을 받으시고 사흗날에 되살아나실 것을 말씀하셨는데, 이 말씀은 '고난'과 '부활'이라는 두 가지였지만 부활에 대한 이야기는 베드로의 귀에 들어오지 않고 오직 수난 이야기만 들어온 것이지요. 구세주께서 수난과 죽음을 당해서는 안 된다는 그의 생각을 바꾸지 못하면 부활의 영광은 귀에 들어오지 않게 됩니다. 그러니 베드로는 하늘나라의 전권을 받고도 사탄이라고 야단을 맞게 된 것입니다.

우리는 특히 듣고 싶지 않은 이야기나 쓴 이야기도 들어야 합니다. 어쩌면 그러한 이야기 안에 보물이 숨겨져 있는 경우가 많이 있기 때문입니다. 그런데 듣고 싶지 않은 이야기는 왜 들으려고 하지 않나요. 아마도 싫은 소리를 통해서 자신에게 변화가 일어나는 것이 싫거나, 변화를 두려워하기 때문일 수도 있습니다. 성경에서 늘 비난을 받는 바리사이나 율법학자들도 낡은 생각

---

2) 이것을 흔히 확증편향이라고 부릅니다.

을 바꾸지 못했기 때문에 진리를 받아들일 수가 없었던 것입니다. 닫힌 마음을 열지 못하면 그렇게 됩니다.

변화를 싫어해도, 혹은 그 정도는 아니지만 변화가 그렇게 내키지 않아도, 변화에 유연하고 또 적응하기 시작하면 비록 고령이라 하더라도 젊은 세대들이 동질감과 친근감을 느낄 것입니다. 사실 젊은이들과 고령자 사이의 이질감으로 친밀감의 간격은 점점 커지고 멀어질 수 있습니다. 하지만 개방된 마음을 가지고 변화에 유연한 고령자라면 젊은이들도 쉽게 마음을 열고 급속하게 친밀감을 느낄 수 있습니다. 물론 우리나라에서는 연장자와 어린 사람이 친구가 될 수 없고, 서양의 친구(friend)와 한국의 친구(親舊) 사이에는 차이가 있지만, 서양의 기준으로 말하는 친구가 될 수 있습니다.

만약 독자가 고령자라면 때로는 "젊은이들이 이렇게 나이 든 사람들과 놀아주는 것만 해도 고마울 때가 있지요"라고 말하는 분들이 적지 않을 것입니다. 사실 많은 경우 젊은이들은 고령자들 대하기를 부담스러워하고, 심하면 피하기도 하기 때문입니다. 하지만 비록 고령자라고 하더라두 적어도 변화에 열려 있고 젊은이들의 새로운 문화를 받아들여 그들과 정서를 같이할 수만 있다면 금방 가까워지고 함께 어울릴 수 있음을 저의 경험에 비추어 확신합니다. 젊은이들과 함께 어울리고, 또 젊게 살기를 원한다면 변화와 친해져야 합니다. 그러나 변화하기 위해서는 늘 마음이 열려 있어야 합니다.

2장

[Listen 경청]

경청하는 자세

말을 줄여야 듣습니다

◇

누구나 자기 자신이 살아온 인생은 너무나도 특별해서 마치 소설과 같다고 생각하지요. 그래서 나이가 들수록 하고 싶은 말도 많아집니다. 그런데 고령화 될수록 할 말이 많아지는 반면에 오히려 말할 상대나 기회가 줄어들기 쉽습니다. 위에서 말한 것같이 젊은이들은 고령자들에 대해 부담을 느끼거나 정서를 공유하지 못하는 것에 따르는 이질감으로 고령자들을 가까이하려 하지 않는 경우가 많기 때문입니다. 뿐만 아니라 혹시라두 마음을 닫고 사는 경우에는 주위 사람들이 하나둘 떨어져 나가기 때문에 말할 상대도 상대적으로 적어집니다.

　노인이 말이 많아지는 것은 할 말은 많은데 들어주는 사람이 적기 때문에 기회가 한 번 오면 한꺼번에 많은 것을 쏟아내고 싶어 하기 때문이겠지요. 그런데 한 번 말문이 열려서 말이 길어지기 시작하면 듣는 사람은 따분하거나 지루해지기 마련입니다. 내 삶에 관심을 가져주고 이야기에 귀 기울여 들어주려는 사람은 의외로 많지 않은 것이 사실입니다. 그래서 말이 길어지면 좋아할 사람이 그리 많지 않습니다. 그러므로 자신이 남의 이야기를 잘 들어주지 못하면 다른 사람들도 나와 큰 차이가 없기 때문에 남이 내 이야기를 경청해줄 것이라는 기대감은 낮춰야 할 것입니다. 그러니 잘 들어주는 것만 해도 훌륭한 자선을 베푸는 것과 다름없습니다. 들어주는 이야기는 차차 하기로 하고 말을 줄이는 것과 관련하여 어떻게 하면 다른 사람이 내 말을 들어주도록 할 것인지에 대하여 생각해봅니다.

　노인들이 같은 것을 반복해서 말하는 것은 장기기억 때문일 것입니다. 젊을 때에는 장기기억보다 단기기억을 더 잘 하지만 노인이 될수록 단기기억보다는 장기기억에 더 많이 의존한다고 합니다. 고령화 되면서 기억력이 떨어진다고 느끼는 것도 단기기억의 기능이 퇴보하기 때문이지 장기기억력이 떨어져 그런 것은 아닙니다. 장기기억에 우세한 노인은 그 기억 속에 있던 과거의 많은 이야기들을 끄집어내어 했던 말을 반복해서 하는 경우가 많습니다.

아리스토텔레스는 노인들은 과거를 생각하고 과거 속에서 살며, 희망보다는 기억에 의존한다고 보았습니다. 그리고 그들의 과거는 길지만 미래는 짧고 불확실하다고 생각합니다. 그러므로 수다스러울 정도로 계속해서 과거에 대해서 말하는 것[3]도 노령화의 특징인 장기기억 때문일 것입니다. 수다스러울 정도의 같은 말의 반복은 젊은이들이 들어주기에 여간 힘든 일이 아닐 것입니다. 그러므로 말을 줄여야 젊은이들이 가까이하고 자신의 이야기를 들어줍니다.

노인이 되어 더욱 외로워진다면 아마도 그것은 자신이 만든 무덤일 수 있습니다. 젊은이들도 마찬가지이지만, 고령의 노인이라도 대하기가 편한 사람이라면 가까이하겠지요. 하지만 대하

---

3) 슐람미스 샤하르 외 6인, 팻 테인 엮음, 《노년의 역사》, 안병직 옮김(글항아리, 2012), 100쪽.

기 불편한 사람이라면 누구나 멀리하려는 경향이 있습니다. 사람들이 자신을 편하게 여기든지 아니면 불편한 사람으로 여기든지 그것은 자신이 만들어온 인생의 결과물입니다. 만약에 자신이 불편함을 주는 사람이고, 그럼으로 해서 주변의 사람들이 하나둘 떨어져 나간다면 당연히 외로움은 증폭되겠지만, 그것은 자기 탓입니다.

물론 자신의 주변에 사람들이 많이 있어도 삶이 궁극적으로 외로운 것은 맞습니다. 하지만 그것을 자기 스스로 증폭시킬 이유는 없지요. 그런데 자기의 탓으로 주변 사람들이 떨어져 나가서 더 외로워지면 말할 상대가 더욱 필요하게 됩니다. 물론 외로운 노인들을 젊은이들이 찾는 예외적인 경우도 있습니다. 가톨릭대학교에서 가르치며 학생들과 함께 살 때 방학을 이용해서 청강하려고 토론토에 가 홈스테이 할머니의 말벗이 되어줬습니다. 저는 그 노인에게 언어를 배우고, 그 노인은 말벗이 필요했던 것이지요. 그때 배운 것이 "Don't play hooky(땡땡이치지 마)"였는데 어디서도 배울 수 없었던 표현이었지요. 이렇게 말할 상대가 필요해서 서로에게 도움을 주는 경우도 있지만 이 경우는 아주 예외적인 경우였을 겁니다.

말할 상대도 적고 말할 기회도 자주 안 온다면 외로움은 더욱 깊어질 수 있습니다. 누군가 소설 같은 자신의 인생 이야기를 들어주고, 공감해주고, 조금 더 나아가 감동해주기를 바라는 마음으로 말이 많아질 수 있습니다. 물론 개인의 삶은 어떤 것으로도 대치할 수 없고, 유일하며, 드라마 같은 역동 속에서 이루어진 것입니다. 그러나 나의 삶만이 그런 것이 아니고, 또 나만 그러한 생각을 하는 것은 아닙니다. 모두가 다 그렇게 살아왔고 같은 심정을 가지고 있을 것입니다. 그러니 나의 삶은 특별하지만 특별하지 않고, 유일하지만 나만이 아니라 모두가 유일합니다. 그러한 이야기를 반복해서 끊임없이 들어준다는 것은 보통의 인내를 요구하는 것이 아닙니다. 그래서 말을 줄여야 품위 있게 나이가 들어가는 것입니다. 말이 많으면 사람들은 들으려 하지 않을 것입니다. 하지만 말이 적으면 사람들은 말을 기다리며 때로는 듣고 싶어 할 것입니다. 이때 말을 아껴가며 하면 상대방은 듣게 되어 있습니다. 말을 아끼지 않으면 사람들은 듣지 않으려고 하고, 말을 아끼면 사람들은 들으려고 합니다.

말수를 줄이는 것도 중요하지만 목소리 조절도 잘 해야 할 겁니다. 어떨 때 전철 안에서 왁자지껄 떠드는 소리가 너무 시끄러워서 고개를 돌려보면 노령의 사람들인 경우가 많이 있습니다. 왜 이렇게 시끄럽게 큰 소리로 말해야 하는가 생각해보면 어쩌면 자신이 잘 안 들리기 때문에 상대방도 잘 못 들을 것 같으니까 크게 말하는 것이 아닌가 생각이 들 때가 있습니다. 그러나 조용히 말해도 귀가 어두운 사람이 아니라면 누구나 다 알아 듣습니다. 고래고래 소리를 지르며 큰 소리로 말한다고 의사 전달이 잘 되는 것이 아니지요. 말수를 줄이고 절제하며 작은 소리로 전달하는 메시지는 더 강력하답니다.

한편으로는 소리를 높임으로 해서 자신의 존재감을 드러내고 싶은 사람들도 있는 것 같습니다. 존재감을 드러내기 위해서 목소리를 높이는 것은 남녀노소 할 것 없지요. 그렇지만 유난히 목소리를 높이며 자신의 존재감을 드러내려고 하지 않아도 우리는 존재합니다. 자신의 존재를 드러내려고 하다가 오히려 존재감이 더 없어지는 경우도 있지요. 목소리 큰 사람이 이긴다는 것은 이미 옛날 사고방식이 되어버렸고 이제는 그러한 사람들을 천한 사람으로 여깁니다. 그렇다면 내 자신을 천하게 만들 이유가 없겠지요. 작은 소리를 내서 말해도 말이 품위가 있고 합리적이며 잘 다듬어진 표현이라면 존재감을 드러내려 하지 않아도 존재감은 생깁니다.

　소리가 작으면 귀를 기울이지만 소리가 크면 귀를 막을 것입니다. 다시 말하면 말을 아끼며 작은 목소리로 말하면 사람들은 내 말을 귀담아 들으려고 할 것이며, 말이 많거나 큰 소리로 말하면 귀찮아 하며 듣지 않으려고 할 것입니다. 그렇다고 해서 지나치게 작게 말하면 듣는 사람이 힘들어 합니다. 내 목소리가 어떻게 들리는지를 생각하며 조절하면서 말하는 지혜가 필요하겠지요.

경청

◇

 듣는다는 것은 말하는 것보다 어려운 일입니다, 더구나 경청한다는 것은 더욱 어렵습니다. 그래서 우리의 얼굴에 귀가 둘이고 입이 하나인 이유가 있다고들 말합니다. 듣는다는 것은 말하는 것보다 더 많은 에너지가 들어가기 때문에 오래 듣고 있으면 피로감이 쌓이게 됩니다. 누구라도 힘들고 피곤한 일은 피하고 싶어 하겠지요. 그런데 젊은 사람이라면 조금 피곤하고 힘든 일이더라도 젊음의 힘으로 견뎌낼 수 있을 겁니다. 그와 달리 노인이 되면 기력도 쇠해지니 젊은이들보다는 힘든 일은 더 피하고 싶을지 모릅니다. 하지만 편하고 쉬운 것보다 힘들고 피곤한 일이지만 기꺼이 할 수 있어야 존경받지 않을까요. 듣는 것이 힘들어도 들어줄 수 있을 때 존경받습니다.

대중교통을 이용할 때나 공공장소에서 소리 지르듯이 말하는 사람들을 보면 참 배려가 없다는 생각이 듭니다. 배려할 줄 아는 사람은 많은 사람들이 좋아하겠지만 배려가 없는 사람들을 좋아할 리가 없겠지요. 상대방의 말을 들어준다는 것은 이타적 행위이며 작은 것 같지만 큰 배려입니다. 잘 들어주기 위해서는 상대방에게 말할 기회를 주면 됩니다. 상대방에게 말할 기회를 주는 배려를 통하여 자신은 자연스럽게 듣게 되겠지요.

누구나 자신의 이야기를 들어주는 사람을 찾습니다. 행복했던 일, 기뻤던 일과 같이 좋은 이야기들만 아니라 속상했던 일, 억울했던 일과 같은 나쁜 이야기들도 누구에게인가 하고 싶을 때가 있습니다. 그런데 아무도 자신의 이야기를 들어주는 사람이 없다면 슬픈 일이지요. 한편으로는 들어줄 사람이 있다고 하더라도 마치 강 건너 불구경하듯 집중하지 않고 듣는다면 맥이 빠져서 말하고 싶지 않을 것입니다.

간혹 집중해서 들어주는 사람이 있다고 해도 많은 경우 다른 사람에게 왜곡되어 전달될 수도 있기 때문에 말하는 데 조심스러운 것입니다. 특히 비밀이라고 하면서 조심스럽게 꺼낸 이야기조차도 다른 사람에게 전달되어 매우 난처하게 되는 경우도 있지요. 그래서 나의 이야기를 경청해주고 어렵사리 꺼낸 이야기는 보호해줄 신뢰할 수 있는 누군가가 필요합니다. 그런 사람을 만나는 것이 쉽지 않지요. 하지만 노년의 성숙함을 이룬 사람이라면 충분히 그런 사람이 되어줄 수 있습니다. 그렇게 쉽지 않은 일을 할 수 있는 사람은 빛이 납니다. 그래서 노인도 빛이 날 수 있습니다.

들기 싫은 말은 말할 것도 없고 좋은 말조차도 두 번 이상 들으면 듣기 싫다고 합니다. 이렇듯 사람들은 말하는 것보다 들어주는 것을 훨씬 힘들어 합니다. 들어주는 것, 그것도 열심히 잘 들어주는 경청은 틀림없이 피곤한 일이지요. 피곤한 일임에도 불구하고 경청해준다면 그것도 작은 희생입니다. 희생이기 때문에 경청은 나를 죽이는 일이고, 그것으로 말하는 상대방을 살리는 것입니다. 자신을 죽임으로 해서 이웃과 형제들을 살린다고 하면 떠오르는 인물이 있지요. 우리를 살리기 위해서 우리를 대신하여 당신 스스로 죽어주신 예수 그리스도. 그분의 삶이 그랬고 그 삶을 따라 살겠다고 다짐하는 사람들이 그리스도인일 것입니다. 그렇다면 열심히 들어주는 사람은 그리스도인의 삶을 실천하는 사람들입니다. 누구에겐가 말하고 싶어도 들어주는 사람이 있어야 말을 합니다. 그러나 하고 싶은 말도 아무에게나 할 수는 없습니다. 그래서 나의 이야기를 경청하고 잘 들어줄 수 있는 상대방을 찾는다면 아마 혈기왕성한 청춘보다는 원숙한 노인일 것입니다.

그런데 독자들 곁에는 그런 노인이 누가 있나요. 편안하게 나의 이야기를 늘어놔도 그 이야기를 들어줄 수 있는 신뢰할 수 있는 노인이 없다면 여러분이 그런 노인이 되어줄 수 있습니다. 잘 들어주는 것만 해도 노인들은 빛이 납니다. 그런 노인을 누가 쓸모없다고 하겠습니까.

들어주기만 해도
훌륭한 상담자

◇

　때로는 젊은 청춘들이 어른들에게 기대고 싶어 할 때가 있습니다. 자신의 삶을 살아내기 힘들 때 기대고 싶은 대상을 찾는다면 그것을 이겨내 온 어른들, 그래서 무엇이든지 다 받아줄 것만 같은 어른다운 어른, 후덕한 노인들을 떠올릴 수 있습니다. 그러니 그저 이야기를 들어주기만 하면 되는데, 어른들로부터 훈계만 듣게 된다면 위로는커녕 오히려 반감을 살 수 있습니다.

　노인들의 일반적인 특징 중의 하나는 가르치려든다는 것입니다. 노인들이 젊은이들보다 인생을 많이 살아온 것은 틀림없고,

그러니 경험도 많고 아는 것도 많을 것이니, 젊은이들은 노인의 이야기를 들어야 한다는 것이지요. 그래서 열심히 들어주기보다는 훈계하고 가르치려는 노인들이 많습니다. 그러나 훈계하고 가르치는 것은 도움이 안 될 때가 훨씬 더 많습니다. 그것은 노인뿐 아니라 누구라도 그렇습니다. 저 역시도 사제로서 가르치는 것에 익숙하다 보니 누구를 만나도 가르치려는 태도를 보일 수 있음을 늘 경계합니다.

필자의 막내 여동생은 20대 초반에 유학을 보내달라고 아버지께 떼를 썼습니다. 그래서 그 동생은 유학을 보낼 경제적 여건이 안 되었던 아버지를 설득하여 1년 생활할 수 있는 정도의 유학 비용만 가지고 미국으로 떠났지요. 유학 1년이 지난 이후부터 아르바이트(part time)로 일하고 공부하며 스스로 벌어서 생활비와 학비를 해결하며 어려운 방송학 공부를 마쳤습니다. 유학을 경험한 필자도 '눈물 젖은 빵을 먹어보지 않은 사람은 유학을 논하지 말라'는 당시 유행어의 의미를 알고 있었기에 여동생의 고생을 모를 리가 없었지요. 그런데 어느 날 여동생은 저에게 전화를 해서 장시간 푸념과 힘든 일들을 늘어놓았습니다. 그때 저는 동생에게 도움을 준답시고 조언을 했습니다. 그러자 동생이 화를 버럭 내며 저에게 던진 말이 저의 뒷머리를 때렸지요.

"내가 언제 오빠더러 해답을 알려달라고 했어? 그냥 들어주기만 하면 되는 거야!"

훈계나 가르침은 도움이 되지 않습니다. 답은 많은 경우 당사자가 가지고 있기 때문입니다. 그래서 가장 훌륭한 상담자는 내담자의 문제에 답을 찾아주는 것이 아니라 잘 들어주는 사람이라고 합니다. 사실 잘 들어주기만 해도 내담자의 문제는 이미 반 이상 해결된 것이니까요. 그래서 상담자는 내담자에게 지혜로운 질문을 통해서 내담자가 말을 많이 하도록 유도하고, 자신이 이끌어낸 말이나 표현을 통해서 스스로 해답을 찾도록 유도합니다. 때로는 답을 알고 있어도 그것을 내담자에게 직접 말하는 것이 아니라 스스로 알아나가도록 합니다. 물론 어떤 경우에는 바로 핵심을 찔러서 직접적으로 해결하는 방법도 있지만 후자보다는 전자가 더 일반적인 상담 방법이지요. 이와 같이 들어주는 것만으로도 상담자가 될 수 있는 것이라면 누구라도 상담자가 될 수 있습니다.

훌륭한 상담자는 들어주는 것에서 한 발 더 나아가야 합니다. 그것은 바로 경청과 공감입니다. 열심히 들어주고, 그리고 상대방의 마음과 감정 상태를 잘 읽어주고 공감해줄 수 있다면, 내담자의 마음 안에서 이미 치유가 일어나기 시작할 것입니다. 이렇게 할 수만 있다면 누구라도 훌륭한 상담자가 될 수 있습니다. 마음에 상처를 입고 아파하는 사람의 이야기를 듣고 "정말 많이 힘들었구나" "그래, 얼마나 속상했어" "참 아팠겠다" "저런, 얼마나 원망스러웠겠어" 이렇게 공감할 수 있다면 내담자는 이미 고통에서 벗어나기 시작합니다. 그러니 나이가 들면서 여유를 가지고 이야기를 잘 들어줄 수 있고 공감해줄 수 있다면 훌륭한 상담자가 될 수 있습니다.

바다는 너무도 넓어서 모든 것을 다 받아들일 것처럼 보입니다. 이와 같이 모든 것을 다 받아들이기에는 넓지 않은 마음을 가지고 있는 필자의 곱게 늙는 목표 중의 하나가 적어도 호수처럼 되어보자는 것입니다. 그래서 저는 인터넷에서 닉네임을 '호수'라고 쓰기를 좋아합니다. 비록 바다처럼 모든 것을 다 받아들이지 못한다고 해도 제가 좋아하는 캐나다 토론토 인근 배리(Barrie)에 있는 아름다운 심코호수(Lake Simcoe) 정도는 되고 싶습니다.

호수가 바다에 비교할 수 있는 정도는 못 되지만 그래도 많은 것을 받아들입니다. 이렇듯 잘 들어주는 것도 호수처럼 넉넉한 마음을 갖는 것입니다. 아파하고 고통 받는 이들을 받아들일 수 있는 넉넉하고 여유롭고 너그러운 마음으로 경청하고 공감할 수 있다면 노인이 되어서도 훌륭한 상담자의 역할을 할 수 있습니다. 저도 이렇게 곱게 늙고 싶습니다.

3장

[Yield 양보]

물러서고 양보하기

나이,
그것은 무의미할 수도

◇

우리나라가 서양의 대부분 나라들과 문화적 차이가 있는 것 중 하나는 연장자에 대한 무조건적인 존경심일 것입니다. 물론 작금에 와서 많이 약화된 것은 사실이지만, 예전에는 나이 그것만으로도 충분히 존경받았던 시대가 있었지요. 필자가 20대 때만 하더라도 나이가 많은 사람들에 대한 무조건적인 존경심을 가져야만 했고 연장자에 대한 예의를 다해야 했던 시절이었습니다. 그 당시에는 사회적 분위기가 그랬기 때문에 이의 없이 따라야만 했던 것도 있었지만 제 스스로도 수긍을 했습니다. 인생을 살아낸다는 것이 얼마나 고단하고 힘든 일인데, 그래도 삶을 포기하지 않고 그 긴 세월을 이겨냈다는 자체로 충분히 존경받아 마땅하고, 이마의 주름살은 인생의 계급장이라고 생각하기도 했었지요. 연장자에 대한 존경심이 자연스러웠던 시기에는 아이를 낳으면 일부러 나이를 올려 출생신고를 하는 일도 있었습니다. 그러한 사회적 분위기에서 우리나라, 특히 남자들 사이에서 언쟁이 붙었을 때 논리적으로 달리거나 불리해지면 하는 말이 있지요.

"너 나이 몇 살이야?"

필자도 차츰 나이가 들어가면서 연장자에 대한 무조건적인 존경심에 회의를 갖기 시작했습니다. 과연 '나이가 성숙과 비례하는가?' 하는 것 때문이었지요. 우리는 나이가 들어도 철 안 난다고 하는 이야기를 종종 듣습니다. 나이가 많아도 미성숙한 사람이 있는 반면에 비록 나이는 어려도 성숙한 사람이 있지요. 아이 같은 어른, 어른 같은 아이가 있듯이 말입니다.

그래서 나이가 들었다고 해서 무조건 존경해야 한다는 사회적 규범에 이의를 제기하기 시작했습니다. 그리고 어느 정도 나이가 들면서 내가 나이 들었다고 해서 무조건 존경받아야 한다는 사고에서 이제는 어느 정도 벗어났고, 다른 사람들을 대할 때에도 연장자라는 이유만으로 더 이상 존경하는 마음을 갖지 않게 되었습니다. 이것을 도덕적으로 문제 삼고 싶은 독자가 있다면 타당한 근거를 제시해야 할 것입니다. 조금 더 나아가 보도록 하겠습니다.

서구사상과 문화 전체를 뒤집어놓았고, 서구사상의 저변을 지배하고 있는 인간관, 세계관, 우주관까지도 바꾸어 오늘날까지도 영향을 주고 있는 《방법서설》을 쓴 것은 데카르트(René Descartes)의 나이 겨우 41세 때였습니다. 인생을 많이 살았다고 해서 어느 노인이 41세의 데카르트의 생각을 해낼 수 있었을까요. 이 책의 1장에서 필자의 손을 꼭 잡아주면서 성찰할 기회를 주었던 막내 동창 신부님의 이야기가 기억날 것입니다. 그 이야기를 읽으면서 막내 신부님이 필자보다 훨씬 성숙하다고 생각하지 않았나요. 나이가 어리다고 무시할 일이 아닙니다. 나이 많은 사람이 나이 적은 사람들보다 성숙하다거나 지적인 면에서도 우월하다는 근거도 부족합니다. 그리고 나이를 앞세워 윽박지르듯 나이가 힘이 될 수 있는 까닭은 없습니다.

속된 표현으로 나잇값을 하라는 말이 있듯이 나이에 맞지 않는 미성숙한 사람들도 많이 있습니다. 이러한 생각은 필자만 하고 있는 것이 아니라 그렇게 세상은 변화되고 있다는 것입니다. 작금과 같은 시대적 변화에 유연하지 못하면 옛 생각에만 사로잡혀 있는 당사자만 괴로워집니다. 그러므로 나이 주장에서 물러나야(yield) 합니다. 나아가 자신이 불리해졌을 때 나이를 앞세워 억지를 부리는 무모함에서 물러나야 합니다. 윽박지르거나 억지를 부리기 전에 자신이 얼마나 합리적이고 정당하며 타당한 주장을 하고 있는지부터 살펴야 할 것입니다. 자신이 옳지 않거나 합리성이 없으면 인정하고 물러날 수 있어야 합니다. 그렇게 물러난다고 지는 것이 아니라 오히려 성숙한 연장자로 존경받게 됩니다.

2002년 월드컵 축구 경기에서 우리나라 축구팀을 4강까지 끌고 간 히딩크 감독은 우리나라의 나이에 따른 서열이 선수들의 기량을 발휘하는 데 큰 장애가 된다는 것을 알았고, 그분이 선수들 사이의 나이 서열을 파괴한 것이 4강까지 가는 데 한몫을 했다는 유명한 일화가 있지요. 나이를 앞세워 서열을 매기면 소통도 부족해지고 실력도 묻히게 된다는 사실을 입증한 셈입니다. 뿐만 아니라 나이를 내세워 대우를 받겠다고 하면 세대 간의 갈등은 심해지기도 합니다.

제 선친의 기일에 선친의 지인 몇 분과 함께 선친의 묘소에 다녀오면서 산소 근처 식당에 들어갔습니다. 지인 중 연세가 지긋한 한 분이 식사를 마친 후 제 조카에게 명령하듯이 커피를 한 잔 뽑아 오라고 했습니다. 그때 조카는 대단히 노여워했고, 저는 조카를 달래느라 애를 먹었습니다. 조카의 주장대로라면 어른이 커피를 마시고 싶다는 의사 표현만 해도 젊은 사람으로서 그냥 가만히 앉아 있지는 않을 것이고 기꺼이 일어나서 커피를 뽑아 드릴 터인데, 무슨 종도 아니고 마땅히 봉사해야 할 것으로 생각하고 명령한다면 누가 좋아하겠냐는 것이었습니다. 20대의 피 끓는 젊은 조카는 어린 사람이 노인에게 하는 봉사를 당연한 것으로 생각하고 명령하듯이 지시하는 시대는 지났다는 겁니다. 이렇듯 어른이 되어 대접받는 것을 마땅한 것으로 착각하지 말아야 하는 시대가 온 것 같습니다.

세상은 이렇게 변해갑니다. 옛날에 그랬다고 지금도 그대로 적용할 수는 없는 것이지요. 자신이 길들여진 옛 시대의 문화를 새로운 시대에 적용하려고 하면 분명히 충돌이 일어날 수 있습니다. 나이에 대한 문화적 상대성을 받아들이기 위해서는 지금의 나이에서 물러날 수 있어야 합니다. 나이를 내세워 그것으로만 모든 것을 정당화하고 합리화하려는 어떠한 시도도 이제는 모두 어리석은 일이 되어버렸습니다. 나이라는 형식권위보다 나이에 맞는 행동들로 실질권위를 회복해야 할 때입니다.

형식권위와 실질권위

◇

　우리는 '권위적이다'라는 말과 '권위가 있어야 한다'는 말을 구분해야 합니다. 권위를 세분하면 형식권위와 실질권위로 나눌 수 있기 때문입니다. 노인이 되어 권위적이면 오히려 권위를 잃게 되고 권위적이지 않고 겸손하면 어른으로서의 권위를 갖게 됩니다. 나이 자체로는 결코 권위를 가질 수 없지만 나이 든 사람의 품위는 권위가 있습니다. 그래서 저는 나이 자체를 형식권위, 나이다움을 실질권위라고 칭하고 싶습니다.

　형식이 중요한가 아니면 내용이 중요한가 하는 것을 묻는 사람들이 있습니다. 이 질문에서 중요성의 우선을 따지기 전에 형식은 내용을 담기 때문에 결코 무시할 수는 없다는 것을 인정해야 할 것입니다. 그러므로 형식은 중요하지 않다고 단정할 수 없습니다.4) 하지만 형식권위와 실질권위는 반드시 일치하지 않습니다. 이 두 가지 중에서 실질권위가 어느 정도인지를 알아보려면 형식권위를 포기하면 금방 알게 됩니다. 실질권위를 갖고 싶다면 형식권위의 자리를 실질권위에게 양보할 수 있어야 합니다. 그런 의미에서 보면 권위적이라고 하는 것은 실질권위의 적(敵)입니다.

캐나다 유학 시절에 천주교 토론토 교구에서 서품식이 있어서 서품전례에 함께했습니다. 그런데 교구장님이 서품식 전례에 모관(Mitra)과 지팡이(Baculus)를 하지 않고 입당하는 것이었습니다. 그래서 옆에 있는 예수회 신부에게 조용히 물어봤습니다.

"당신의 주교님은 어찌하여 서품식 같은 중요한 전례에서도 모관과 지팡이를 하지 않나요?"

그랬더니 그 신부가 나를 물끄러미 쳐다보더니 다음과 같이

---

4) 문학 이론가들은 '형식이 내용을 지배한다'며 형식의 중요성을 강조하기도 합니다.

대답했습니다.

"만약에 주교님이 모관과 지팡이를 하고 나오시면 신자들이 이렇게 대답할지 모릅니다. '주교님의 모관과 지팡이가 주교님의 권위를 말하지 않습니다'라고요."

그렇기 때문에 우리 한국 천주교회의 주교님들도 전례 때 모관과 지팡이를 하지 말아야 한다는 뜻이 아닙니다. 형식은 내용을 담기 때문에 필요한 때에는 형식을 갖추는 것이 더 좋다고 생각합니다. 하지만 이러한 일화로 말하고 싶은 것은 형식권위보다 실질권위가 더 중요하다는 것입니다. 캐나다의 가톨릭 신자들은 주교의 모관과 지팡이라는 형식으로 보여주는 주교의 형식권위보다는 주교다움과 주교직 자체가 지니는 실질권위를 중요시 한다는 뜻이겠지요.

가톨릭 신부들은 로만칼라를 합니다. 그 로만칼라는 사제의 형식권위를 지켜줍니다. 하지만 사복을 하고 있어도 사제다운 삶을 살아간다면 그것이 사제로서의 실질권위이겠지요. 그래서 사제끼리 하는 말 중에서 "로만칼라를 하고 할 수 없는 행위는 사복을 입고서도 하지 말자"라는 말이 있습니다. 사제의 실질권위는 행위에서 나올 수 있습니다. 물론 사제의 성무집행은 그 자체만으로도 사효성(ex opere operato)이 있습니다. 그러므로 사제가 행하는 모든 성사(sacramentum)는 위임받은 권한을 행사하는 것이어서 사제의 인격과 성품에 관계없이 유효하고, 사제에 의해 집행되는 성사 자체로 실질권위가 있습니다. 그러나 직무와 달리 사제 개인은 혹시 로만칼라를 하지 않아도 거룩한 삶과 말씀 해석의 성실함(성실한 강론 준비)으로도 사제로서의 충분한 실질권위를 가질 것입니다.

요즈음은 수도복을 입지 않는 수녀회도 더러 있습니다. 수녀님들이 사복을 입고 있으면 평신도들과 구분이 잘 안 됩니다. 그렇다면 무엇이 그들을 수도자이게 하는지에 대한 본질적인 물음을 던질 수 있습니다. 그렇기 때문에 수도복이라는 형식권위를 포기하면 수도자의 정체성을 삶으로 더욱 잘 드러낼 수 있겠다는 생각이 듭니다. 그것이 바로 수도자로서의 실질권위이지요.

2천 년 전 역사 속의 예수님은 어떠한 형식권위도 가지고 계시지 않았습니다. 고관대작의 자녀로 태어난 것도 아니었고, 율법 학자들처럼 종교 지도자의 자격도 가지고 있지 않았습니다. 돈도 권력도 명예도 없었고 특별한 복장을 하고 다닌 것도 아니었습니다. 그럼에도 불구하고 말씀과 가르침에 권위가 있었던 것(마르 1, 27)은 바로 그분 자체에서 우러나오는 실질권위 때문이었습니다. 어쩌면 어떠한 형식권위도 없었기 때문에 실질권위가 더 잘 드러난 것이 아닐까요. 그래서 그분을 닮는다는 것은 다음과 같은 것이 아닐까 생각합니다. 아버지라는 이름이 갖는 형식권위보다 아버지다움이라는 실질권위, 엄마라는 단어가 갖는 형식권위보다 엄마다움이라는 실질권위, 사제의 복장이 갖는 형식권위보다 사제다움, 수도복이 주는 형식권위보다 수도자다움, 머리를 깎고 출가했다는 형식권위보다는 스님다움이라는 실질권위, 마찬가지로 많은 나이가 갖는 형식권위보다 나이 든 사람으로 존경받을 수 있는 실질권위를 추구해야 하지 않을까요. 형식권위에서 물러나야 합니다. 그래야 비록 나이가 들어 늙었어도 추하지 않고 곱습니다.

나이 서른이 넘어서 사제가 되려고 신학교에 편입학할 때만 하더라도 저의 사회 친구들은 거의 결혼을 한 상태였습니다. 그 당시 결혼을 하는 사람들을 보면 조금은 무모해 보였습니다. 과연 저들은 아버지가 될 준비가 되어 있고 엄마가 될 준비를 하고 결혼하는가 하는 생각이 들었지요. 아무런 준비니 연습도 없이 엄마 아빠 되어서 좌충우돌하며 자식들을 키우다 보니, 상처

주고 상처 입고, 급기야는 나중에 원수로 여기기까지 하는 것을 많이 봤기 때문입니다.

아버지가 된다는 것에 자신이 없었던 저로서는 혹시 결혼하여 아버지가 된다는 것을 전제하고 아동심리학(발달심리학)도 개인적으로 공부하는 등의 준비와 노력을 해왔습니다. 그리고 어느 날 이제 아버지가 되는 것에 약간의 자신감이 생겼다고 여겨질 때 정신을 차려보니 이미 아버지가 되는 길에서 너무 멀리 떨어져 있더군요. 그리고 이렇게 독신으로 살아야 하는 사제가 되었습니다. 그러다 보니 아버지들에 대해서 할 말도 많아졌습니다. 하지만 여기에서는 형식권위와 실질권위에 연관하여 조금만 더 언급하려 합니다.

우리나라 사람들은 엄부자모(嚴父慈母)라는 개념에 많이 익숙해져 있습니다. 그래서 아버지는 엄격해야 한다는 강박으로, 자상하고 인자한 아버지로서의 자부적인 아버지상을 찾아보기 힘든 것이 일반적이었습니다.

뿐만 아니라 가장이라는 형식권위와 아버지라는 위치가 상승작용을 하여 가족 구성원과 함께 서로 협력하기보다는 이끌고 나가려는 태도를 보입니다. 그래서 자신의 생각과 다르면 윽박

지르거나 힘을 쓰려고 합니다. 그러면 아버지다움이라는 실질권위는 힘을 잃고 맙니다.

한동안 유행했던 우스갯소리로 '겁 없는 남편'이 되는 것이겠지요. 힘을 쓰는 것도 젊어서 한때이지 늘 힘이 있는 것은 아닙니다. 젊어서 힘을 쓰면 늙어서 고생합니다. 상처 입은 아이들은 아직 힘이 없고 아버지에게 종속된 듯 살아가다가 힘이 생기면 아버지를 물리적으로뿐 아니라 심리적으로도 떠날 것입니다. 그러면 늙어서 자신에게 돌아오는 것은 소외와 외로움이지요. 형식권위만 내세우면 이렇게 불행해질 가능성이 커집니다.

어머니도 마찬가지입니다. 준비 안 되고 연습 없이 엄마가 되다 보니 엄마의 역할을 하면서 배울 수밖에 없습니다. 그러다 보니 엄마의 요구와 아이들의 요구가 충돌이 일어날 때 엄마로서 대처 방법이 서툴 수밖에 없고, 그런 가운데 자녀들은 본의 아니게 상처를 입게 되는 경우가 많습니다. 엄마의 위치에서 엄마로 존중받고 싶은 마음이 들지만 준비 안 된 엄마는 자녀들에게 권위를 잃게 됩니다.

그럴 때 엄마의 말이 권위가 없다고 원망할 것이 아니라 엄마로서의 실질권위를 의심해봐야 합니다. 이와 같이 아버지와 어머니도 그 이름이 갖는 형식권위보다 아버지다움, 어머니다움이라는 실질권위를 갖추면 존경과 사랑을 받을 것입니다. 그렇게 늙어가야 하지 않을까요.

서양에서는 그리스 로마 시대가 개별 노인이 크게 존경을 받았던 시대였다고 합니다. 《노년의 역사》를 엮은 팻 테인(Pat Thane)은 당시에는 개별 노인이 크게 존경받았고 정치, 종교, 사회 영역에서 최고의 권위를 누렸던 황금시대였다고 합니다.5) 그럼에도 불구하고 그 당시에 현실적으로 마땅하다고 여겼던 노인에 대한 존경과 권위를 자동적으로 부여하지는 않았다고 합니다. 오히려 개인의 능력과 자질에 따라 권위가 부여된 것으로 보고 있습니다. 다시 말하면 노년기에 들어선 사람들에게 실질권위를 부여하는 것은 개인의 문제인 것이지 문화나 제도의 문제가 아니라는 것이지요.

마찬가지로 우리나라에서도 노인의 나이에 따른 권위의 부여는 문화와 제도가 주는 것이어서 실질권위와 무관할 수 있습니다. 뿐만 아니라 세상은 변하고 있어서 연장자나 노인에 대해서

---

5) 위의 책, 73쪽.

무조건적인 권위를 부여하지 않는 시대에 와 있습니다. 그러므로 나이에 따르는 형식권위를 내려놓고(yield) 어른다움이라는 실질권위를 찾을 때 노인으로 존경을 받게 될 것입니다.

물러나고 양보하지만,
재산은 물려주지 말기

◯

　노인이 되면 젊은이들로부터 무엇이든 양보받기를 기대하는 경우가 많습니다. 저는 반대로 노인이라도 양보받기보다는 양보하는 것이 아름다운 것이라고 생각합니다. 지하철이나 버스를 타면 노인들은 당연히 자리 양보를 받을 것으로 생각하고, 심한 경우 젊은이들이 자리에서 일어나지 않으면 소리를 치고 야단하는 경우를 자주 봅니다. 노인들도 버스 요금을 지불하지만 젊은이들도 똑같은 비용을 내고 버스를 탑니다. 그러므로 노인이나 젊은이나 똑같은 버스 이용 권리가 있습니다. 물론 노인은 약자이니 보호해주는 것이 옳지만 그렇다고 젊은이들이 누릴 수 있는 권리를 빼앗는 것을 당연히 여길 수는 없습니다. 그래서 자리 양보를 해주면 고마운 일이지만 양보해주지 않아도 야단치거나 혼낼 일은 아닙니다.

젊은이들도 어떨 때에는 지치고 피곤해서 노인들보다 몸 상태가 더 안 좋을 때도 있습니다. 지하철의 경우 경로우대증을 가지고 있으면 노인들은 무료로 지하철을 탑니다. 그러면 운행 비용은 누가 지불하는 것입니까. 지하철요금뿐 아니라 모든 복지 혜택에서 노인들에게 지불되는 비용은 누가 부담하고 누가 세금을 내는 것입니까. 젊다고 비용을 지불해야 하고 노인이라고 무료로 누리는 것을 당연하다고 여길 수만은 없을 겁니다. 이러한 주장에 혹시 심기가 불편한 노인 독자들도 있을지 모르겠습니다. 노인에게 혜택을 주지 말자는 것이 아니라 현실을 직시하자는 것입니다. 그러니 노여워하지 마시기 바랍니다.

어느 날 버스를 타고 가는데 제 앞자리에 여고생이 앉아 있었습니다. 한 정류장에서 나이가 조금 있어 보이는 여성 노인이 탑승을 했지요. 그런데 제가 일어나려고 하기도 전에 제 앞자리 여학생이 자신의 자리를 양보할 요량으로 벌떡 일어났습니다. 그때 여성 노인이 그 여학생을 도로 앉히며 하는 말에 저는 감동을 받았습니다.

"학생 그냥 앉아서 가. 공부하기 얼마나 힘든데. 나는 집에서 매일 놀아. 힘들고 피곤한 사람이 앉아 가야지."

버스나 지하철에서 빈자리가 생기면 먼저 차지하려고 가방을 미리 던지거나, 막무가내로 사람들을 밀쳐내고 달려가거나, 자리 양보를 하지 않는다고 고래고래 소리를 지르며 자리를 탐하는 나이 든 여성들의 모습만 보다가 양보할 줄 아는 여성 노인을 보면서 큰 감명을 받았지요. 그날은 세상이 너무 아름다워 보였습니다. 학생도 힘들 때가 있지요. 젊은 사람이라 하더라도 노인보다 더 피곤할 때가 있는 겁니다. 양보할 줄 아는 어른이 아름답습니다. 제가 보기에 그 여성 노인은 참으로 곱게 늙어가는 분이었습니다.

양보할 줄 아는 사람은 누구든 아름답습니다. 아름답게 나이가 들려면 양보하고, 내어놓고 물려줄 수 있으면 됩니다. 옛날에는 며느리가 들어오면 곳간의 열쇠를 넘겨주었습니다. 그러나 물려주지 못하고 쥐고 있으면 고부간의 갈등이 시작됩니다. 오늘로 말하면 경제권인데, 선임이 후임에게 넘겨줄 수 있어야 합니다. 하지만 노인이 되어도 재산만큼은 예외적으로 자녀들에게 넘겨주지 않는 것이 좋겠다고 생각합니다. 재산을 자식에게 물려주지 말아야 돈 잃고 자식 잃는 불행을 초래하지 않습니다. 재산은 마지막까지 지키고 죽을 때에는 사회에 환원하면 됩니다. 그렇게 했을 때 혹시 자식에게는 원망받을지 모르지만 자식을 제외한 모든 사람에게 존경받을 것입니다. 만약에 재산을 물려주지 않는다고 원망하는 자식이 있다면 그것은 자식에게 문제가 있는 것이지 부모의 문제는 아닙니다.

그러므로 재산을 물려주지 않아서 원망한다고 두려워하거나 위축될 필요가 없습니다. 부모는 자녀들을 교육시키고 키워준 것으로 충분하지요. 자녀도 성장하여 성인이 되었으면 모든 면에서 스스로 독립적으로 살아야지 부모에게 의존하며 사는 것은 바람직하지 않습니다. 성인이 되어 잘살든 못살든 그것은 스스로의 책임이고 자신의 몫이지 부모의 몫은 아닙니다. 그러한 점에서 캐나다 부모들의 교육 태도는 지극히 바람직하다고 생각합니다.

우리나라 부모들은 자녀가 대학을 가도 등록금을 비롯해서 생활비까지 모두 부담합니다. 그리고 직장생활을 하면서 경제력을 갖기 시작해도 재산을 물려주기도 합니다. 하지만 캐나다에서는 아주 대조적입니다(사실 이것은 캐나다뿐 아니라 모든 선진사회에서 공통된 현상입니다). 아이들이 커서 대학을 가게 되면 생활비뿐 아니라 등록금까지 부모에게 의존하는 것을 부끄럽게 여깁니다. 대학을 가면 긴 방학 동안 돈을 벌고 학기 중에는 번 돈으로 생활을 합니다. 등록금도 스스로 벌어서 해결하거나 융자를 내기 때문에 부모에게 손을 벌리지 않습니다. 융자는 졸업 후에 벌어서 갚으면 되기 때문에 부모도 등록금에 신경을 쓰지 않습니다.

물론 최근에는 조금 달라지기도 했다고 합니다. 자식을 내보내고 나면 부모는 외로움을 느끼지만 돈은 있습니다. 반면에 자식은 돈은 없으나 청춘이 있으니 외로울 새가 없습니다. 그래서 서로 타협을 하는 경우가 생긴답니다. 부모는 자식의 경제력을 해결해주는 조건으로, 자식은 부모가 외로움을 느끼지 않도록 함께 살아주는 조건으로 타협을 한답니다. 비록 이렇게 바뀌어가는 추세라고는 하지만 부모와 자녀는 서로 독립적이고 의존하지 않는다는 것이 그들의 내재적인 인식입니다. 그래서 캐나다에서 재산을 자녀에게 넘겨주는 경우는 흔치 않습니다.

비록 자녀와 함께 산다 해도 자식을 품에서 놓을 수 있어야 합니다. 새도 어느 정도 크면 둥지를 떠나는데, 자식들도 둥지로부터 떠날 수 있도록 물리적으로뿐 아니라 심리적으로도 놓아줄 수 있어야 합니다. 물론 효성이 지극한 자녀들도 있겠지만, 그렇다고 모든 자식들이 다 효성이 지극한 것은 아닙니다. 그래서 자식이 노인이 된 부모를 항상 보살피는 것은 아니므로 자식이 나를 보살필 것이라는 기대를 포기하는 것이 좋습니다. 혹시 자식들이 부모를 극진히 잘 보살펴준다면 재산 때문인 경우도 더러 있을 것입니다. 그러한 경우에 혹시 부모가 재산을 넘겨줘서 자식이 부모의 재산을 다 가지게 되면, 부모를 보살피는 것을 그만둘 가능성도 배제해서는 안 됩니다. 재산을 받은 다음에 마음이 바뀔 수 있기 때문입니다. 슬픈 이야기이지만 어머니께서 들은 이야기를 전해드립니다.

어머니 또래의 한 노인이 자식을 감방에 넣고 나서 한탄을 하며 들려준 이야기랍니다. 그분의 아들은 미국으로 이민을 갔습니다. 그런데 어느 날 그 아들이 아버지를 미국에 불렀다고 합니다. 남편을 미국에 보내고 아무리 기다려도 소식도 없고 한국으로 돌아오지 않아서 전화를 하면 여러 가지 이유를 들어서 남편과 통화할 수가 없었답니다. 그래서 그분이 너무나 궁금하고 걱정이 돼서 미국으로 갔더니 남편은 아들과 함께 있지 않았답니다. 아들에게 아버지가 어디 있냐고 물으니 먼 곳에 가셨는데 같이 가자고 하더랍니다. 함께 차를 타고 하루 종일 인적이 없는 길을 달리다가 차에서 내려 도시락을 먹으며 잠시 기다리라고 하고는 아들은 차를 타고 사라졌답니다.

영어를 전혀 하지 못하는 그분은 인적 없는 외딴곳에 혼자 버려진 것이지요. 어쩌면 남편도 그렇게 버려졌는지 모른다는 생각이 들었답니다. 아무리 기다려도 사람과 차를 구경조차 못하다가 다행스럽게 차의 불빛을 발견하고 그 차 앞에서 두 팔을 벌려 세웠답니다. 영어는 전혀 못했지만 마침 여권은 가지고 있었으므로 그 차의 운전자에게 여권을 보여주니 그 미국인이 공항으로 태워주더라는 것이었습니다. 천신만고 끝에 한국으로 돌아온 그분은 왜 아들이 그런 짓을 했을까 곰곰이 생각해보니 자신이 가지고 있는 재산을 차지하려고 그랬을 것이라는 확신이 들었답니다. 만약에 그것이 사실이라면 아들은 재산을 차지하기 위해서 반드시 귀국할 것이니 경찰에 신고해서 아들이 들어오면 체포해달라고 요청을 했답니다. 만약에 사실이 아니라면 아들이 한국에 들어올 일이 특별히 없을 것이라고 생각했답니다. 그런데 아들은 한국에 들어왔고 이 모든 것이 밝혀져서 감방에 가 있다고 하면서 울며 제 어머니에게 이야기하더라는 것이었습니다.

어머니에게 들은 이 이야기에서처럼 모든 자녀가 그렇게 부모에게 배은망덕한 것은 아니겠지요. 물론 이 일화를 일반화시켜서는 안 되겠지만 부모와 자녀 간의 관계보다는 돈의 가치를 우선으로 생각해서 부모까지도 죽일 수 있는 일이 실제로 일어나기도 한다는 사실이 저를 슬프게 했습니다. 자신이 낳은 자식이라고 해서 모두 자신의 마음과 같지는 않을 것입니다. 아무리 부모와 자녀 사이에 친밀감이 있어도 자식이 부모의 기대를 다 채워주지는 못합니다. 그러므로 자식들이 노후에 자신을 기꺼이 부양하리라는 기대는 낮추는 것이 현실적일 것입니다. 그렇다면 스스로 부양을 하기 위한 준비도 필요할지 모릅니다. 그러니 자녀에게 다른 것은 몰라도 재산은 주지 말아야겠지요.

18세기 유럽에서는 '한 명의 아버지는 백 명의 자녀를 둘 수 있지만 백 명의 아들은 한 명의 아버지도 부양할 줄 모른다'는 속담이 있었다고 합니다. 자녀에게 재산을 상속하고 나면 사는

것이 사는 게 아니니 '자러 가기 전까지는 옷을 벗지 마라'는 말도 했다고 합니다.6) 물론 이것은 18세기 프랑스의 이야기이긴 하지만 현대를 살아가는 우리나라 사회에도 똑같이 적용할 수 있는 속담처럼 들립니다.

양보하고 내주어도 재산은 주지 말고 마지막까지 여유롭고 품위 있게 지내다가 죽을 때 사회에 기증하는 것이 옳을 듯합니다. 그러면 그 전에 이미 자녀들에게 의사표현을 해야겠지요. 뒤에 언급하겠지만 늙어서도 존경받고 품위 있는 생활을 하려면 지갑을 열 줄 알아야 합니다. 하지만 지갑을 열어도 빈 지갑이라면 난처해지겠지요. 그러니 다른 것은 모두 물려줄 수 있으나 재산만큼은 자식에게 물려주지 않는 것이 현명할 것입니다. 넘겨주는 것도 가려가며 해야 할 것입니다.

---

6) David G. Troyansky, *Old Age in the Old Regime*, p. 136(위의 책, 286쪽 재인용).

4장

[Modesty 겸손]

겸손에 대하여

경험의 허구

◇

　보통 사람들의 체온은 36.5도입니다. 그렇다면 30도의 물은 따뜻한 물일까요, 찬물일까요. 답은 따뜻한 물, 찬물 둘 다 아니라는 겁니다. 10도의 물에 손을 담그고 있다가 30도의 물에 손을 담그면 그 물을 뜨거운 물로 경험합니다. 반대로 40도의 물에 손을 담그고 있다가 30도의 물에 손을 옮기면 그 물은 찬물로 경험됩니다. 이렇게 같은 30도의 물이지만 자신의 상태에 따라서 달리 경험하지요. 마찬가지로 우리는 똑같은 상황이나 일을 당한다 하더라도 개인마다 달리 경험할 수 있습니다. 그래서 내가 인식하고 있는 것이 주관적인 것인가, 객관적인 것인가에 대한 성찰이 필요합니다.

이러한 인식의 다양성과 복잡성 때문에 내가 경험하고 알고 있는 것이 참된 것인가 하는 문제를 다루는 것이 인식론이라는 학문입니다. 그러므로 나이가 들면 경험이 많아질 수밖에 없지만 그 경험이 유의미할 수 있는지는 또 다른 문제임을 알아야 합니다. 이렇게 경험의 허구성은 언제나 우리 앞에 열려 있습니다.

예전에 어른들이 존경받던 시절이 있었지요. 그래서 어른들을 어르신이라고 높여 불렀고 지금도 그렇게 부릅니다. 과거에 노인들이 존경받을 수 있었던 것은 그들이 오래 살아온 만큼 경험이 풍부했다는 것과 연관되어 있다는 주장을 하는 학자들이 있습니다. 노인들은 오랜 세월을 통해서 얻은 정보가 많았고 그 정보를 통합해내서 지혜를 얻게 되었습니다. 젊은이들이 어르신들께 덕담을 청하는 것도 통합된 정보, 그리고 지혜를 얻겠다는 것이지요. 이와 같이 경험을 통해 얻은 정보의 풍부함은 나이 든 사람들의 특징이었습니다. 그래서 서양 속담에 '노인 한 명이 죽으면 도서관 하나가 없어지는 것과 같다'라는 말도 있습니다. 하지만 이제는 세상이 바뀌었습니다. 요즈음은 정보의 홍수 속에서 살고 있어서 정보를 얻기 위해서 노인들에게 의존하지 않아도 되는 시대가 온 것입니다.

이제는 수많은 정보 속에서 그것을 취사선택하는 시대가 왔기 때문에 과거에 노인들이 지니고 있었던 절대적 정보는 현대에 와서는 힘을 잃게 되었습니다. 더구나 노인들이 긴 세월의 경험 안에서 얻은 정보가 급변하는 현대사회에서 소용이 없거나 무의미할 수 있는 가능성은 더욱 커졌습니다. 따라서 경험이 많다고 해서 노인들을 존경하거나 존중해주던 시대는 이미 지나가고 있습니다.

경험의 허구성을 인지하지 못하고 중요성만 부각시키려는 노인들의 대표적인 표현은 '내가 왕년에 말이지'라는 것입니다. 젊어서 경험했던 사회생활이나 지위와 직책들은 이미 다 지나간 과거가 되어버렸습니다. 그러니 과거에는 유의미할 수 있는 경험들이 현대에 와서는 이미 무의미한 경험이 되어버릴 수 있음을 인정한다면 겸손(modesty)해질 수 있습니다. 무의미한 경험들은 다 내려놓고 흘러간 세월을 받아들여서 겸손한 어른이 되면 누구에게나 사랑받을 수 있습니다. 겸손한 어른은 참으로 곱습니다. 필자가 학창시절 때 한 노교수는 외람되고 예의 없는 표현일 수 있으나 볼수록 귀엽고 사랑스러웠습니다. 사람이 늙었다고 다 추해지는 것이 아니라 겸손하면 사랑스럽습니다. 경험의 허구성을 인정하면 겸손해질 수 있습니다. 하지만 겸손에 대해서 강조했다고 해서 현실 개입을 부정한다는 뜻은 아닙니다.

과거와 대비해서 이제는 노인들이 세월 안에서 얻은 자신들의 경험을 내세우고 자신이 경험한 진실성만 주장하기보다는 경험으로부터도 초연해져야 하는 시대가 온 것 같습니다. 삶의 경험이 많을수록 초연해지거나 현실을 초월할 가능성은 그만큼 많이 열려 있게 됩니다. 하지만 노인들만이 가지고 있는 풍부한 경험은 아직 경험하지 못한 이들에게 좋은 지표가 될 가능성도 여전히 남아 있습니다. 그래서 노인의 풍부한 경험은 다음 세대나 보다 젊은 이들의 삶에 개입하여 도움이 될 수 있습니다.

여기에서 필요한 것은 식별입니다. 자신의 경험이 현재에 적용되거나 통용되는 것이 무의미하다면 개입보다는 현실에서 떠나 초월을 택해야 할 것입니다. 반대로 자신의 경험이 현재에도 유의미하다면 적극적인 개입을 주저하지 말아야 합니다. 따라서 개입할 것인지 초월해야 할 일인지에 대한 식별도 노인에게 중요한 문제가 됩니다. 그렇다면 초월과 개입 사이에 균형 잡힌 노인이 되는 것이 중요하겠지요. 자신의 경험이 무의미한지 유의미한지에 대한 식별과, 초월과 개입 사이의 지혜로운 판단이 노인의 품위를 결정할 것입니다.

지혜로운 판단도 나이 든 노인들의 통합능력에 의존합니다. 정보를 많이 가지고 있다고 해서 지혜로워지는 것이 아니라 그 많은 정보들을 어떻게 통합하는가 하는 것이 지혜로움을 결정합니다. '노인들의 겸손이 전제된 경험의 통합'―이것이 노인들의 품위를 보장합니다. 이렇게 품위를 갖춘 노인은 아름다울 수밖에 없습니다.

고집의 원리

◇

　우리가 너무나 잘 알고 있는 '장님 코끼리 만지기'는 인간의 인지능력에는 한계가 있음을 단적으로 보여주는 우화입니다. 우리가 인지 대상을 만나서 그것을 인지하게 된 것은 부분적인 진실성은 있으나 그것으로 전체적인 것을 설명하기에는 턱없이 부족한 면이 있지요. 그러므로 내가 경험했고 그래서 알고 있는 것이라고 하더라도 그것이 전부가 아닐 수도 있다는 전제를 가지고 살아야 합니다. 그런데 노인이 돼서 고집이 생기는 것은 자신이 경험한 부분적 진실성을 전체적 진실성으로 여기기 때문일 것입니다.

　아는 것이 적은 사람은 자신이 알고 있는 것이 전부라고 생각하기 때문에 많이 아는 것으로 생각합니다. 반대로 아는 것이 많을수록 모르는 것이 더 많음을 알게 됩니다. 그래서 '가장 고집이 센 사람은 책을 딱 한 권만 읽은 사람'이라고 말하는 이유가 여기에 있습니다. 분명한 것은 인지된 세계보다 인지되지 않은 실재(reality)의 세계가 더 크고 넓다는 것입니다. 그러므로 죽을 때까지 배워도 다 못 배운다는 것은 만고의 진리입니다. 이러한 진리를 깨닫지 못하면 자신의 경험과 지식을 통해서 인지된 실재 안에 갇히게 됩니다. 그리고 자신에게 한정되어 인지된 실재의 진실성 안에서 고집은 생겨납니다. 물론 노인이 돼서 고집이 강해지는 것은 자신의 생각을 바꾸거나 변화를 싫어하는 이유도 있겠지만 한편으로는 자신이 인지한 것을 절대화하기 때문일 수도 있습니다.

　우리는 모든 것을 다 알 수도 없고 자기 자신이 늘 옳을 수도 없습니다. 그러므로 내가 아는 것이 전부가 아니고 내가 늘 옳을 수도 없다는 사실을 받아들이기만 한다면 고집으로부터 자유로울 수 있습니다. 그것이 바로 노인들도 예외 없이 추구해야 할 겸손입니다. 많이 안다는 것을 드러내려 하면 오히려 잘 모르고 있다는 것이 드러날 수 있지만, 내가 드러내려 하지 않으면 사람들은 알 수 없기 때문에 많이 아는 것으로 생각할 수도 있지요. 한편으로 내가 알고 있는 것에 대해서도 그것이 참된 것인지를 검증하기가 쉽지 않습니다. 다들 알 만한 간단한 예를 들어보겠습니다.

내가 소리를 낼 때 다른 사람이 내 목소리를 듣는 것과 내가 듣는 것 중에 어느 것이 진짜 내 목소리일까요? 자신의 목소리를 아는 사람이 있을까요? 아주 간단한 질문인데도 답이 쉽지 않습니다. 내가 소리를 낼 때 내가 듣는 소리는 목에서 나온 진동이 공기를 타고 고막에 전달되는 소리와 안면의 뼈가 진동되는 소리가 합쳐진 합성음입니다. 그런데 내 목소리를 직접 듣는 사람은 공기의 진동음만 듣기 때문에 이 둘이 다른 소리입니다. 그래서 녹음기의 내 목소리가 달리 들리는 것입니다. 그렇다면 녹음기의 소리가 다른 사람이 듣는 소리라고 할 수 있나요? 전혀 아닙니다. 어느 날 저는 KBS 성우와 같이 길을 걷다가 어떤 분을 거리에서 만났습니다. 그분은 성우 분을 몰랐는지 직업을 물어보았지요. KBS에서 성우를 맡고 있다고 대답하더군요. 그랬더니 그분이 하는 말입니다.

"어쩐지 목소리가 좋더라."

돌아서서 가던 길을 같이 가면서 그 성우가 저에게 말했습니다.

"거짓말하고 있네. 내 목소리는 기계에 들어갔을 때만 좋은데."

기계는 좋아하는 음색이 따로 있어서 기계는 그 음색만 딴다고 합니다. 그리고 기계 안에서 소리를 고칠 수도 있지요. 그것이 이퀄라이저(equalizer)라는 기계입니다. 이와 같이 녹음된 목소리를 듣는다고 해서 원래 내 목소리를 듣는 것은 아닙니다. 이처럼 내 목소리도 어느 것이 내 목소리라고 할 수 있는 것인지 간단하지 않지요. 녹색의 신호등은 원래 녹색이라서 녹색으로 보이는 것입니까, 아니면 녹색으로 지각하도록 시신경이 그렇게 되어 있어서 녹색으로 보이는 것입니까. 모두가 색맹이라면 그것이 녹색인지 적색인지 어떻게 입증하나요. 그래서 답은 알 수 없다는 것입니다.

이상과 같은 예화는 얼마든지 제시할 수 있습니다. 그래서 우리가 인식하고 있는 것이 참된 것인지에 대한 물음이 인식론입니다. 인식론을 공부해보면 내가 인식하고 있는 것이 왜곡된 것일 가능성이 너무나도 크다는 것을 알게 됩니다. 그러므로 쉽게 단정할 수 있는 것은 그리 많지 않습니다. 우리가 진리라고 생각하고 있는 것도 단지 의견일 수 있습니다. 그래서 우리가 경험했다고 해서 어떻게 경험했는지에 대한 성찰을 배제하고 경험한 것을 참되다고 고집하는 것은 어리석은 짓입니다.

굳이 인식론을 공부하지 않아도 조금만 주의를 기울이면 이러한 삶의 실재를 알 수 있습니다. '인생을 오래 살아온 사람이라면 그 정도는 깨달았겠지'라고 기대할 수 있겠지요. 노인이 될수록 지혜로워진다고 가정한다면 노인들도 이러한 삶의 실재를 모를 리가 없겠지요. 그래서 인생을 많이 살아온 노인들에게 겸손을 기대하는 것은 당연할 수 있습니다. 반대로 마치 자신이 알고 있는 것이 전부인 양, 자신이 인지한 것에 대한 진실성만을 주장한다면 웃음거리가 될 수도 있습니다. 자신이 아는 것이 참으로 아는 것이 아닐 수도 있다는 전제를 하고, 자신이 언제나 옳을 수도 없으며, 자신에게 인지된 것보다 인지되지 않은 실재가 더 있을 수 있음을 가정한다면 고집으로부터 자유로워집니다. 삶의 실재를 깨달은 사람은 겸손해질 수밖에 없고 겸손할수록 고집은 사라집니다.

물론 고집을 부려야 할 때도 있지요. 예를 들면 자신의 이념이나 신념에 대해서 고집을 부리는 것은 정당해 보입니다. 진정한 보수는 자신의 철학이나 문화, 가치 등을 지키려는 동기를 가지는 경우를 말합니다. 그러나 자신의 재산이나 지위, 명예와 같은 세속적 욕구를 채우고 지키려고 하면 보수라는 말보다는 수구라는 표현을 써야 합니다. 그러한 점에서 우리나라에 진정한 보수가 있는지 의심하는 사람들이 많습니다. 진정한 보수라면 고집도 정당화될 수 있습니다.

그렇다면 노인이 되면 보수적으로 된다는 것도, 참 보수를 말하는 것인지 수구를 의미하는지 면밀히 살펴봐야 할 일입니다. 자신이 부여하는 절대적 가치, 진리에 대한 확신 등으로 고집을 부리는 것은 정당할 수 있습니다. 하지만 그러한 경우가 아니라면 고집은 버려야 할 아집이기도 합니다. 존경받는 노인은 아집이 없습니다. 이렇게 곱게 늙는다는 것은 고집과도 연관되어 있습니다.

고집도 여러 이유에서 정당성을 잃으면 언제라도 놓을 수 있어야 합니다. 노인이 가지고 있는 고집이 정당성이 있는지 없는지에 대한 식별도 노인의 지혜에 맡겨져 있습니다. 자신이 고집하고 있는 그 무엇은 놓아야 할 것인지 쥐고 있어야 할 것인지 우선 올바르게 식별하고, 그것이 놓아야 할 것이라면 과감하게 놓을 수 있을 때 존경받는 노인이 됩니다.

어른이 된다는 것

◇

늙으면 어린아이가 된다는 말이 있지만 동의하지 않습니다. 물론 늙으면 힘이 약해지니 노동력도 상실하게 되고, 따라서 경제력도 잃게 되어 타인에게 의존적이고 독립성을 상실할 수 있습니다. 의존적이고 독립적이지 못하다는 외적인 측면에서 어린아이처럼 된다는 것에 이의를 제기하고 싶지는 않습니다. 그러나 비록 신체적, 경제적 조건들이 변화된다고 하더라도 심리적 이유에서도 어린아이처럼 된다는 것은 지나친 일반화라고 생각합니다. 물론 노인도 심리적 퇴행이 진행되면 어린아이의 심리로 되돌아갈 수 있습니다. 하지만 나이가 들어도 성숙함을 목표로 정진하는 사람들은 결코 어린이처럼 되지는 않을 것입니다.

어린이처럼 된다는 것은 긍정적인 측면과 부정적인 측면이 있습니다. 긍정적인 측면에서 어린이처럼 된다는 것은 순수하고 단순해진다는 뜻이겠지요. 마태오복음에서 예수께서는 "하늘나라는 이 어린이들과 같은 사람들의 것"(마태 19, 14)이라고 하신 것은 어린이의 이러한 긍정적인 측면을 말씀하신 것이라고 생각합니다. 반대로 부정적인 측면에서는 미성숙하다는 것입니다. 보다 성숙한 어른이 되기 위해서 정진하는 사람들은 노인이 돼도 부정적인 측면에서 어린아이처럼 되지 않을 것입니다. 나이가 들면서 정진하지 않으면 그 자리에 있는 것이 아니라 퇴행하는 것입니다. 왜냐하면 세월이 가기 때문입니다.

부정적인 측면에서 어린아이처럼 된다는 것은 어른으로 미성숙함을 말할 것입니다. 그 반대로 생각하면 성숙한 사람이 되겠지요. 어린아이 때에는 자기가 세상의 중심입니다. 모든 것이 자기에게 맞춰져 있고, 자기 생각대로 세상은 돌아가야만 합니다. 이러한 심리 상태를 심리학자들은 1차적 자아도취라고 합니다. 그런데 나이가 점점 들면서 주변을 돌아보기 시작합니다. 그리고 세상은 자기가 중심이 아니라는 것을 차츰 알게 되고, 자기 뜻대로 모든 것이 돌아가지 않는다는 것을 깨달으면서 갇혀 있었던 자신으로부터 나와서 세상을 향하게 됩니다.

이렇게 해서 어릴 때에는 남이 나를 배려해줘야 하는 것이었다면 나이가 들면서 자신도 남도 배려해주어야 한다는 것을 학습하기 시작합니다. 하지만 남을 배려한다는 것은 때로는 자기를 포기해야 하고 에너지 소모도 심하게 일어납니다. 때로는 피곤하고 귀찮은 일이기도 합니다. 그래도 젊을 때에는 비록 피곤하고 귀찮은 일이라고 하더라도 남을 배려하는 작업을 기꺼이 하겠지만 나이가 들수록 그런 일들은 귀찮아지기 시작합니다.

노인이 되면 귀찮은 일, 약간의 긴장이 있는 일은 하지 않으려고 합니다. 따라서 자신의 주변을 돌아보는 일에 게을러지고 남에 대한 배려도 느슨해지기 쉽습니다. 그러한 상태에서 심리적 퇴행이 진행되면 다시 자기중심으로 세상을 보기 시작합니다. 심리학자들은 이러한 상태를 2차적 자아도취라고 합니다. 미성숙해지는 것이지요.

마태오복음에서 예수님께서는 그 시대의 사람들을 "우리가 피리를 불어주어도 너희는 춤추지 않고 우리가 곡을 하여도 너희는 가슴을 치지 않았다"(마태 11, 17)라고 말하는 아이에 비유하면서 질책하십니다. 어린아이의 심리 상태는 자기가 중심이기 때문에 자기가 피리를 불 때에는 다른 사람들도 그 피리 소리를 듣고 춤을 춰야 하고, 자기가 곡을 할 때에는 자기 기분에 맞춰서 함께 가슴을 쳐야 하는 것이 마땅하다고 생각합니다. 이러한 자기중심적인 태도는 어린아이의 심리 상태로 보아서 지극히 정상입니다. 그런데 마태오복음에서 예수님의 질타 대상은 어린이가 아니라 성인들이라는 것이지요. 성인들이 마치 아이와 같이 세상 사람들이 자기의 기분에 맞춰줘야 한다고 생각한다면 그러한 심리 상태를 2차적 자아도취라고 합니다. 내가 피리를 분다고 왜 다른 사람들이 내 기분에 맞춰서 꼭 춤을 춰야 하나요. 세상은 자신을 중심으로 돌아가지 않습니다.

긍정적인 측면에서 어린이처럼 된다는 것은 참으로 바람직한 일입니다. 마르코와 루카는 똑같이 "어린이와 같이 하느님의 나라를 받아들이지 않는 자는 결코 그곳에 들어가지 못한다"(마르 10, 15. 루카 18, 17)고 하십니다. 어린이는 심리적으로 사고가 미분화 상태에 있기 때문에 그냥 단순하게 받아들이지만 청소년기부터 사고의 분화가 시작되면 받아들이기 전에 생각부터 합니다. 그리고 청소년기부터 시작하여 어른이 되면 자신이 납득해야 받아들입니다. 그러나 하느님 나라에 대한 신앙은 납득한 다음 받아들이는 것이 아니라 받아들인 다음에 납득하는 것이지요. 그래서 어린이같이 단순하고 순수한 수용성이 하느님 나라에 들어가는 길이라는 것입니다. 그와 같이 되면 긍정적인 의미에서 어린이처럼 되는 것이지요. 하지만 퇴행과 2차적 자아도 취는 부정적 의미로 어린이와 같이 되는 것입니다. 성숙함이란 부정적 의미의 어린이처럼 된다는 것과 완전히 내용이 다릅니다. 자기가 중심인지 아니면 남을 배려할 줄 아는지의 차이가 성숙의 척도가 됩니다. 어른이 된다는 것은 성숙해진다는 것이고, 퇴행이 아니라 정진할 때 어른다워집니다.

성숙에 대해서는 인문학자들의 많은 주장이 있지만 성숙의 또 다른 척도는 자아의 확장입니다. 아동기까지만 하더라도 자기중심(self-centered)으로 생각하고 행동하지만 차츰 이웃을 돌아보며 자신을 넓혀나갑니다. 그래서 가족에서 친구에게로, 친구에서 자신이 속한 사회로, 그 사회에서 세계로 자신을 확장시킵니다. 그런 만큼 나와 아무 상관없는 지구 반대쪽에서 고통 받는 사람들이 나의 고통이 되고 그들을 위해서 자신을 내줄 수 있다면 그것도 성숙한 사람이지요. 자아의 확장은 이기(利己)에서 이타(利他)로 옮겨 가는 과정입니다. 그런데 아직도 이기에 머물러 있고 자기중심으로 생각하고 행동한다면 미성숙한 사람이라고 할 수 있습니다.

어린아이들이 자기중심적 삶의 태도를 갖는 것은 아직 어리다는 이유로 받아들일 수 있으나 노인이 되어도 자기중심으로 살아간다면 비난을 받기 딱 좋습니다. 자기중심적 태도 중 하나는 무례함일 것입니다. 노인이 되어서 무엇이든 함부로 하는 경우를 자주 봅니다. 길을 건널 때에도 차가 오든지 말든지, 신호등의 색이 변하든지 말든지, 살 만큼 살았으니 나를 치든지 말든지 아랑곳하지 않고 느릿느릿 걷는 경우도 봅니다. 옆에 사람이 있든 없든 길 가면서 한쪽 콧구멍을 막고 다른 콧구멍으로 코를 팽하고 풀거나, 좁은 길을 갈 때 맞은편에서 사람이 와도 비켜설 마음은 조금도 없습니다. 옆에서 시끄러워하거나 말거나 라디오를 크게 틀어놓거나 소리를 고래고래 지릅니다. 지나친 성적 농담을 부끄러움도 없이 아무렇게나 합니다.

이렇게 함부로 하는 노인들 때문에 젊은이들은 짜증스럽기조차 합니다. 무례함은 타인에 대한 배려 없이 자기중심적 태도를 보이는 것입니다. 하지만 무례함의 반대는 예의지요. 예의는 함께 살아 가면서 지켜야 할 타인에 대한 배려입니다. 그래서 나이가 들수록 타인에 대한 배려가 깊어진다면 자연스럽게 예의를 갖춘 품위 있는 사람이 됩니다. 그것이 성숙이지요. 노인들에게 기대하는 것은 성숙하고 원숙한 아름다움을 드러내는 것입니다. 그렇다면 자기 중심으로부터 나와야 합니다. 그래야 어른다운 어른이 됩니다.

성숙한 사람은 자기 주변에서 일어나는 일들을 귀찮게 여기 거나, 무관심하거나, 무시하지 않습니다. 하지만 늙으면 자기 신 변의 일들이나 세상 돌아가는 일에 초연해질 수 있습니다. 그럼 에도 불구하고 세상 돌아가는 것을 알고 관심을 가져야 합니다. 그리고 앞에서 언급한 대로 초월과 개입 사이의 균형을 유지할 수 있어야 합니다. 하지만 초연함이 아니라 세상일에 무지 혹은 무관심하거나, 주위의 가난하고 고통 받고 있는 사람들을 외면 한다면, 자기중심적이라는 비난을 피할 수 없을 뿐 아니라 미움 을 받기에도 딱 좋을 겁니다. 초월과 개입 사이에서 균형을 잡는 것도 겸손이 기초가 되어야 합니다. 겸손이 노인에게만 해당되 는 덕은 아니지만 노인의 모든 품위는 겸손에서 나옵니다. 그렇 게 늙으면 늙어도 곱게 보입니다.

5장

[Possession 소유]

소유하고 움켜쥐려는
마음을 버리고 비움

◇

　소유가 반드시 욕심을 낳는 것은 아니지만 소유하고 있으면 욕심이 생기기 쉽습니다. 그래서 비울 수 있어야 합니다. 비우지 못하고 계속 움켜쥐고 있으면 추해집니다. 왜냐하면 소유권은 본디 우리의 권리가 아니기 때문입니다. 우리 인간은 모든 피조물 중의 하나입니다. 그리고 모든 피조물은 창조주의 소유입니다. 삼라만상 모든 것은 창조주의 것이지 인간의 것이 아닙니다. 그러므로 우리의 모든 재회에 대해서 엄밀하게 말하자면 인간은 사용만 할 따름입니다. 물론 현행법은 소유권을 인정합니다.

하지만 법은 최소한의 규범입니다.

법 위에 윤리와 도덕이라는 규범이 있습니다. 하지만 윤리와 도덕이 성립되기 위해서는 철학이 있어야 합니다. 철학을 공부하지 않으면 윤리를 공부할 수 없는 이유가 여기에 있지요. 그러므로 윤리와 도덕적 규범보다 철학이 상위 개념입니다. 하지만 철학 위에 양심의 규범이 있습니다. 양심은 인간의 최고 규범이라고 생각하기 쉽습니다. 하지만 그것도 무뎌지면 양심의 가책을 느끼지 못하므로 이 또한 완전한 규범이라고 할 수 없습니다.

우리가 일상에서도 체험하듯이 상상 못 할 범죄를 저지르고도 아무런 가책이 없는 사람들도 있습니다. 그러므로 양심을 기를 양(養)을 써서 양심(養心)해야 한다고 말하는 사람도 있습니다. 이와 같이 양심도 완전한 규범이 될 수 없으므로 그 위에 자연법과 신법을 상정합니다. 법철학은 이러한 원리를 연구하는 학문입니다. 그러한 이유에서 우리는 상위법으로 하위의 법을 늘 조명하고 수정할 수 있어야 합니다.

미국의 마지막 인디언의 추장인 시애틀이 워싱턴에 있는 대통령에게 보낸 편지는 서구 문화에 큰 경종을 울렸지만 그동안 무시되어왔다가 근래에 들어와서 빛을 보기 시작했습니다. 그

편지의 내용 중에 인상적이었던 것은 땅을 자신의 것이라고 하는 서양 문화에 일침을 가한 것이었습니다. 내용을 정확하게 번역하여 진술하기보다는 편지의 핵심을 요약하고 싶습니다.

시애틀 추장은 무력으로 땅을 차지한 백인들에게 이해할 수 없다는 내용을 전합니다. 땅에 대해서 소유권을 주장하는 것은 하늘이나 공기에 대해서 소유권을 주장하는 것과 같다는 것입니다. 모두가 함께 공기를 마시듯이 땅도 모두가 함께 사용하는 것이지 어떻게 땅을 사고팔며 내 것이라고 주장하는지 그 추장은 이해할 수가 없었던 것입니다. 아메리칸 인디언들이 땅에 대한 백인들의 소유권 주장을 도저히 납득할 수 없었던 것은 땅은 그들의 조상 대대로 모두가 함께 사용해왔고, 현재에도 마땅히 공유하고 있으며, 후대에서도 그래야 할 것이기 때문입니다. 시애틀 추장의 편지는 그들이 땅에 대한 소유권이 아니라 사용권만 있음을 말하는 것처럼 들렸습니다.

그러한 시애틀 추장의 주장은 지극히 그리스도교적입니다. 그리스도교에서는 창조주이신 하느님께서는 삼라만상 모든 것을 만드셨으니 모든 것이 하느님의 것이라고 여깁니다. 이사야 예언자가 "하늘이 나의 어좌요 땅이 나의 발판이다. (중략) 이 모든 것을 내 손이 만들었고 이 모든 것이 내 것이다"(이사 66, 1-2) 라고 증언하듯이 모든 것은 창조주의 소유인 것이며 피조물인 인간은 사용권만 있다는 뜻이겠지요. 그런데도 인간은 소유하고 싶어 합니다.

소유는 집착을 낳고 집착은 우리를 비우지 못하게 합니다. 그런데 나이가 들면서 소유로부터 초연해질 것으로 기대하는 것이 일반적입니다. 왜냐하면 곧 죽음을 앞둔 사람이라면 죽음과 함께 모든 것을 다 놓고 가야 하기 때문입니다. 그러니 죽을 준비를 하는 사람이라면 놓지 못할 것이 없겠지요. 그런데 노인이 돼서도 소유한 것에 집착하고 욕심을 부리면 저 나이에 아직도 못 비웠는지, 아직도 욕심이 남아 있는지, 그것을 하늘나라에 가지고 갈 것인지 안타깝게 바라보게 됩니다. 내가 가지고 있고 내 것이라고 할 수 있는 것도 일순간에 모두 달아날 수 있습니다.

안식년 때 거의 한 달가량 혼자 유럽에서 생활했습니다. 자유롭게 가고 싶은 곳을 다니며 사진도 많이 찍었지요. 도시마다 대중교통 시스템이 다 다르기 때문에 다음에 유럽에 올 기회가 있으면 참고하기 위해서 각 도시마다의 교통 정보를 모두 휴대폰에 저장하기도 했습니다. 기차, 비행기, 숙소 등 모든 예약도 휴대폰에 저장되어 있었고 한국에서 내려 받은 자료와, 심지어는 취미 활동을 하고 있는 폴리포니앙상블에서 보내준 악보도 폰 안에 다 있었습니다. 그런데 뮌헨 공항에서 탑승을 기다리다가 잠시 자리를 비운 사이에 휴대폰을 분실하고 말았지요. 눈앞이 깜깜했습니다. 분실 후 나중에 알게 되었지만 당시에는 휴대폰과 컴퓨터를 연동시킬 수 있다는 것을 몰랐고 백업도 안 해놨기 때문에 휴대폰에 저장된 모든 것을 잃었습니다.

예전에는 전화번호도 많이 외우고 다녔지만 휴대폰이 번호를 저장해주니 전화번호를 외울 필요가 없었지요. 그러니 기억나는 전화번호는 어머니에게 드린 내 전화번호 한 개뿐이었습니다. 그것도 필자가 사용하다가 드린 것이라서 기억하는 것이었고, 결국은 기억하는 전화번호가 하나도 없었다고 생각하면 됩니다. 당장 한국에서 만나기로 약속이 돼 있었던 후배 신부에게 연락을 해야 하는데 전화번호가 휴대폰에 저장되어 있으니 연락할 재간이 없었습니다. 의존도가 높으면 그것을 잃었을 때 상대적으로 타격도 크게 입듯, 휴대폰 분실로 큰 타격을 입었습니다. 하지만 저는 휴대폰을 분실하고 깨달음을 하나 얻었습니다.

우리는 자신에게 아무리 귀하고, 소중하고, 아깝고, 중요한 것이라 하더라도 한순간에 모두 잃을 수 있다는 사실을 잊고 산다는 것이었습니다. 우리는 그러한 현실을 잊고 살아갑니다. 아이티에 사상 최대 규모의 지진이 났을 때 현지인의 인터뷰를 들었던 것이 인상에 강하게 남았습니다. 자신은 부자였는데 지금은 지진으로 모든 것을 잃고 가진 것이 하나도 없다는 것입니다. 뿐만 아니라 일본에 엄청난 쓰나미가 몰려왔을 때 모든 것을 잃은 사람들, 아무리 소중하고 귀한 것이라도 순식간에 사라지는 경험을 했을 것입니다. 그것이 바로 나일 수도 있다는 것이 삶의 현실이라는 것을 휴대폰을 잃고 깨달았던 것입니다. 우리는 누구라도 일순간에 모든 것을 잃을 수 있는 그러한 현실을 평소에도 기억하고 살아간다면 우리가 놓지 못할 것이 무엇이 있겠는가 하는 생각이 들었습니다. 자신에게 아무리 귀하고 소중해도 부질없이 날아갈 수 있음을 자각한다면 자신이 소유한 모든 것도 쉽게 놓을 수 있을 겁니다.

죽음에 가까운 노인들도, 갑작스러운 대지진이나 쓰나미가 아닐지라도, 자신이 소유한 모든 것을 조만간 죽는 순간에 모두 잃게 된다는 것을 의식하고 살아간다면 집착할 것이 아무것도 없겠지요. 아무리 소중하게 여기는 것이라 해도 결국은 죽음 앞에서 놓고 가야 할 것들입니다. 그것이 죽음을 묵상할 수밖에 없는 노인이 초연할 수 있는 이유이자 서양 사람들이 즐겨 인용하는 라틴어 격언 '죽음을 기억하라(Memento Mori)'라는 말에 담긴 뜻이 아닐까 생각합니다. 어쨌거나 많든 적든 소유하고 있는 것 때문에 연연하고 집착하는 노인은 존경받을 수 없습니다.

욕심

◇

본당 행사 때에 간혹 떡을 나눠 줄 때가 있지요. 보통은 일인당 한 개씩 가지고 가라고 합니다. 그런데도 여러 개를 챙기는 사람들을 가끔 봅니다. 여러 개를 가지고 가도 한꺼번에 다 먹지는 못할 것이니 남겨서 나중에 먹게 될 것이 뻔합니다. 그러면 떡은 맛도 없어지고 더 오래되면 말라서 먹을 수 없게 될 것입니다. 떡뿐 아니라 모두에게 나눠 주는 것이 있으면 이것저것 주섬주섬 가방에 넣고 챙기기 분주하지요. 그러다가 미안한 생각이 들면 옆 사람의 가방에 넣어주기도 합니다. 아마도 공범(?)

심리로 자신의 부끄러운 행위를 위로하려고 하는 행동처럼 보이기도 합니다. 그러한 모습은 모두 욕심에서 비롯되는 것이겠지요.

특히 먹는 것에 욕심을 부리는 것은 아마도 가난한 시절에 제대로 먹지 못한 한을 아직 다 풀지 못해서 그럴 수도 있습니다. 저 역시 가난한 시절 하얀 쌀밥에 대한 그리움이 있지요. 가톨릭대학교 성신교정 교수식당은 자유배식으로 운영합니다. 그 식당에는 늘 밥통 둘이 나오는데 하나는 잡곡밥, 하나는 하얀 쌀밥이 담겨 있었습니다. 물론 잡곡밥이 건강에 더 좋은 것을 알지만 저도 모르게 손은 자꾸 흰 쌀밥 쪽으로 갑니다. 이제는 배고팠던 시절이 지났고 그 시절에 대한 보상을 이미 다 받았다고 생각할 수 있지만, 그래도 무의식은 저를 놔두지 않았던 것 같습니다. 그러므로 의식적으로 저의 무의식을 조절해야 했습니다. 그래서 의도를 가지고 의식적으로 잡곡밥으로 가곤 했습니다. 음식에 대한 욕심은 아마도 보상심리가 작용하기 때문이 아닌가 생각합니다. 그래도 욕심은 그냥 욕심일 뿐입니다.

노년이 돼서도 욕심을 부리게 되면 젊은이들이 보고 '저 나이에 아직도 욕심을 버리지 못할까' 하며 혀를 찰지도 모릅니다.

꼴불견이지요. 욕심의 대상은 다양합니다. 특히 재화는 살아가는 데 반드시 필요한 것이므로 재화에 대한 욕심은 정당화됩니다. 하지만 재화에 대한 욕심도 욕심이며 그 욕심이 우리를 자유롭지 못하게 합니다. 노년이 되면 살아온 날보다 살아갈 날이 적은 것은 분명합니다. 그리고 죽음은 누구에게나 예외 없이 다가옵니다. 그런데 죽을 때 재화를 가지고 갈 수 있는 것이 아니기 때문에 그리스도인들은 이 땅에서 재화를 쌓지 않고 하늘나라에 보화를 쌓으려고 합니다(마태 6, 20 참조). 그 보화는 선행이며, 이웃에게 베풀고 나누는 것입니다. 그렇기 때문에 죽음에 가까운 노인일수록 움켜쥐고 싶은 욕심에서 더욱 벗어나야 합니다.

욕심은 사람을 인색하게 만들어서 욕심을 가지고 있으면 지갑을 쉽게 열 수가 없습니다. 욕심도 그렇지만 설상가상으로 노인이 되면 경제적 여건이 점점 나빠지기 때문에 지갑을 연다는 것이 쉽지 않겠지요. 그래서 젊어서 부지런히 일하고 벌어서 노후를 준비해야 합니다. 그리고 앞에서 언급한 대로 노후의 품위 유지를 위해서 재산을 자식들에게 주지 말아야 합니다. 그리고 노후에 여유 있게 쓰다가 생을 마감해야 합니다. 그런데 금전의 여유가 없는 것이 아님에도 불구하고 지갑을 열지 못하는 것은 인색함 때문일 것입니다. 노인들의 인색함이야말로 젊은이들의 눈살을 찌푸리게 합니다. 노인은 그러지 않아도 주름으로 인해 찌푸린 얼굴을 한 것처럼 보이는데, 인색하면 더 추해 보입니다. 그래서 노인일수록 자신이 가지고 있는 것은 다 쓰고 죽을 것이라는 마음으로 지갑과 주머니를 열 수 있어야 합니다.

선배 신부님에게 들은 이야기입니다만, 한 신부님이 고령에 몸을 가눌 수 없을 정도로 쇠약해지고 대소변도 누군가가 도와줘야 했답니다. 도우미에게 미안하고 고맙고 해서 봉사자에게 통장의 돈을 모두 1,000원짜리 신권으로 바꾸어달라고 해서, 도우미가 도와줄 때마다 감사의 표시로 그것을 내주었다고 합니다. 액수가 문제가 아니라 빳빳한 신권을 받는 기분이 좋을 것이라는 기대감 때문이었답니다. 그런데 그 노신부님은 그 돈을 다 쓸 때 하느님께서 불러달라고 기도하셨답니다. 그리고 마침내 마지막 한 장을 쓰시고는 선종하셨답니다. 이렇게 가진 것을 다 쓰고 가면 됩니다.

노인의 특징 중 하나는 쥔 것을 놓지 못하고 버리지 못한다는 것입니다. 물론 옛것은 좋은 것이지요. 친구(親舊)라는 우리말도 가까이 오래 사귀어 친하게 된 사이를 말합니다. 친구가 좋은 것이듯 오래된 것은 좋은 것이며 그래서 골동품도 고가에 팔립니다. 그럼에도 불구하고 버려야 할 것은 버려야 삶이 정리됩니다. 하지만 오래된 것은 좋은 것이므로 오래된 것을 처분할 때에는 신중해야 합니다. 신중하게 생각해서 가치 있는 것은 아직은 젊은 누구에겐가 주면 됩니다. 그런데 자신이 가지고 있는 것이 무의미하고 불필요한 것이라면 버림으로써 물리적으로도 정리되지만 마음과 자신의 삶도 정리됩니다. 버릴 줄 앎으로 해서 주변이 정리된 삶은 구질구질 쌓아놓은 삶보다 훨씬 아름다워 보입니다. 하지만 소유욕에서 자유로워야 정리가 됩니다.

욕심은 물질이나 재화만을 대상으로 하지 않습니다. 얼마 전에 뉴스에서 60대의 한 남성이 피트니스 센터에서 벤치프레스 90kg을 들다가 역기에 눌려서 죽었다는 기사를 보았습니다. 운동은 좋은 것이지만 마음에 맞춰서 운동하면 무리가 되기 때문에 자신의 몸에 맞추어 운동해야 합니다. 물론 그것을 아는 것도 중요하지만 그분의 경우에는 조금 더 무게를 더해보려는 욕심 때문에 목숨을 잃은 것 같습니다. 젊어서 달리기를 잘했던 사람도 육체가 노화되면 몸이 마음을 따라오지 못합니다. 그래서 달리기를 하면 가슴은 앞으로 나가지만 다리가 따라오지 못해서

그만 넘어져서 구르고 맙니다. 마음은 가득하나 몸이 말을 듣지 않는 시기가 오면 마음보다 몸에 맞추어 운동을 해야 합니다. 몸은 이미 기력이 부족한데 마음이 앞선다면 그것도 조절할 수 있어야 합니다. 노후에 부리는 욕심은 재앙이 될 수도 있습니다.

어른들에 대한 기대감

◇

마크 트웨인(Mark Twain)은 "우리가 모르는 것 때문에 곤경에 빠지는 경우는 그다지 많지 않다. 그보다는 사실과 다르게 알고 있는 것 때문에 곤경에 빠진다(It ain't so much the things we don't know that get us into trouble. It's the things we know that just ain't so)"고 했습니다. 사실과 다르게 알고 있는 것, 그것은 잘못된 신념을 만들어냅니다. 노인이 되어서도 잘못된 신념을 가지고 있으면 자신을 곤궁에 빠뜨리는 것입니다.

합리성을 잃고 잘못된 신념으로 사회 정치 문제에 나서는 노인들이 있습니다. 과격한 행동을 보이기도 해서 '가스통 할배'나 '태극기 부대' 같은 말이 생겨났습니다. 물론 이 중에는 젊은이들이 섞여 있기도 합니다. 하지만 대부분 노인이라는 현상과 관련하여 한 심리학자는 노년기에 급변하는 세상에 적응하지 못하거나 혹은 적응이 어려워지면 퇴행하는 결과로 나타난다고 분석했던 글을 읽은 적이 있습니다.

예전의 시대로 되돌아가려는 향수는 대통령을 더 이상 국민을 위한 봉사자가 아니라 봉건시대의 '마마'로 만들어버렸습니다. 대통령을 선출하는 데에도 자신과 사회의 미래가 걸린 문제로 인식하고 합리적 사고나 이성적 판단으로 투표하지 않았던 것 같습니다. 적지 않은 유권자들이 과거의 정서로 되돌아가는 퇴행적 감정의 영향으로 후보자를 결정했다는 인상을 지울 수가 없었습니다. 만약에 합리적인 생각만 하고 있었어도 그러한 선거의 결과는 나오지 않았을지 모릅니다. 근거는 충분히 차고 넘쳤기 때문입니다. 결국 대통령은 불명예 퇴진을 당하고 말았죠. 합리적으로만 생각했어도 우리 사회에서 국민들의 불필요한 에너지 지불은 없었을 것입니다.

미래 사회의 주축이 되고 미래를 살아내야 할 주체는 젊은이들인데, 고령화 시대에 접어들면서 그 미래의 사회를 결정하는 사람들이 노인들이 될 수도 있다면, 노인들은 좀 더 지혜로워야 하겠지요. 그런데 노인들이 지혜롭지 못하고, 정서와 사고가 퇴행하여 어린아이의 수준이 된다면, 노인들은 청춘들에게 욕을 먹을 수밖에 없습니다. 반면에 젊은 청춘들이 노인들에게 거는 기대가 있지요. 곱고 아름다운 것까지는 기대하지 않아도 적어도 지혜롭거나 현명한 노인, 모두들 닮고 싶어 하고, 저렇게 늙을 수 있다면 늙는다는 것도 그리 나쁘지 않다고 생각할 수도 있는 그런 노인의 모습을 기대하지 않을까요. 저 역시 어차피 늙는 것이라면 그렇게 늙고 싶습니다. 그렇다면 자신이 그동안 쥐고(possession) 있었던 잘못된 신념에 대한 성찰은 오히려 습관처럼 가지고 있어야 할 것입니다.

어른이 젊은이들의 기대에 미치지 못할 때 "저 노인네 왜 저래?"라고 말하며 심하면 노인 혐오로 발전할 수도 있습니다. 부끄러운 일이지만 그러한 노인 혐오증의 가능성을 오래전에 제안에서도 발견할 수 있었습니다. 저는 노인 혐오증을 두려워합니다. 왜냐하면 지도 언제인기는 노인이 될 것이고, 그 노인 혐오의 대상이 될 수 있기 때문입니다. 노인 혐오의 대상이 되지 않기 위해서는 자신이 젊었을 때 혹시 싫어했던 노인의 모습이 있었다면 그것을 반면교사로 삼아 반대로 살아가면 될 것입니다. 우리는 부정적인 것을 통해서도 배울 수 있으니까요.

아리스토텔레스는 노인들에 대해서 거침없이 비난을 했다고 전해집니다. 소위 노파심이라고 하는 걱정도 많고, 지나치게 비관적이고, 불신이 강하고, 악의적이며, 의심이 많고, 옹졸하며 편협한 것이 노인들의 태도라고 봤습니다. 뿐만 아니라 멋있거나 귀한 것보다는 쓸모 있는 유용성에만 마음을 두고, 부끄러워하는 마음도 없으며, 명예보다는 이익을 원하고, 사람들이 자신에 대해서 어떻게 생각하는지에 대해서 주의를 기울이지 않는다고 지적했습니다.[7] 그러한 비난이 근거가 충분하고, 일반적이며, 진실한 진술이라고 전제하면, 그와 반대로 살아가면 비난을 피할 수 있을 겁니다.

너그럽고, 비판적이기보다는 수용적이고, 속는 셈 치고 믿어 주거나, 선의를 가지고, 의심을 품지 않으며, 치우치지 않도록 균형 잡힌 삶을 살면 됩니다. 유용성보다는 귀하고 의미 있는 것

---

7) 슐람미스 샤하르 외 6인, 앞의 책, 97쪽.

을 선호하고, 젊었을 때 지녔던 부끄러움을 회복하고, 이익보다는 명예로움을 원하고, 주변을 살피고 자신을 객관화할 수만 있다면 비난을 피하고, 젊은이들이 갖는 어른들에 대한 기대감에 실망을 주지 않을 수 있을 겁니다.

김수환 추기경님이 선종하셨을 때 그 많은 사람들이 한파에도 불구하고 명동성당으로 몰려와서 몇 시간씩 줄을 서서 조문을 했습니다. 천주교 신자들만 조문한 것이 아니라 많은 비신자들도 추기경님을 잃은 것에 대해서 안타까워했습니다. 혼탁한 이 시대에 어른다운 어른을 찾아보기 어려운 가운데 그나마 우리 사회에서 어른으로서의 역할을 해오셨던 추기경님을 보내드린다는 것이 저 역시도 아쉬워서 빈소를 찾았고 장례미사도 사제단과 함께 드렸습니다.

세상이 혼탁할수록 어른이 필요하다고 말합니다. 그렇다면 나는 그런 어른이 될 수 없을까요. 아리스토텔레스가 비난했던 노인의 태도와 반대로만 살아가도 우리는 얼마든지 존경받는 어른이 될 수 있습니다. 그리고 비록 노화되었으나 시대가 요구하는 어른은 아니더라도 내 주변의 이웃들에게만이라도 성숙한 어른으로서의 너그러움과 따뜻함, 관용과 인내를 보여줄 수 있습니다. 그러나 어른들에 대해 가질 수 있는 일반적인 기대감을 일순간 다 무너트릴 수 있는 악재가 있습니다. 그것은 바로 욕심입니다. 누구나 욕심으로 가득 차 있으면 너그러움도, 따뜻함도, 관용도, 인내도 모두 사라집니다. 노인들이 살아오면서 가지게 된 것, 그것이 반드시 물질적인 것뿐 아니라 자신의 잘못된 신념이나 빛이 바랜 예전의 통념들조차도 집착하지 않고 내려놓을 수 있는 여유를 가지면 존경받는 어른이 됩니다.

정진이냐 퇴행이냐

○

　나이가 들고 늙으면 어린애가 된다는 말은 퇴행한다는 것인데, 그것을 일반화시키거나 당연한 것으로 여겨서 내 자신에 적용하고 싶은 마음은 조금도 없습니다. 퇴행하지 않기 위해서는 정진해야 한다고 알고 있고 또 그렇게 살아가려고 애쓰고 있습니다. 인간으로 태어났지만 인간으로 완성된 사람은 아무도 없을 것이니 누구나 평생 동안 성숙의 여정을 걸어야 할 것입니다. 다행히 어느 날 완성된 인간이 된다면 이미 성인(聖人)이 된 것이니 하늘나라에 올라갈 준비를 해야겠지요. 이 세상은 부족하고 결핍된 사람들이 사는 곳이고, 완성을 향한 여정을 살아가는 것이 인간의 삶이라고 생각합니다.

그러한 인생 여정에서 우리는 정진하지 않으면 퇴행하게 되어 있는 듯합니다. 제 자신의 삶을 관찰해봐도 정진의 끈을 놓게 되면 바로 퇴행이 진행된다는 것을 체험으로 알게 됩니다. 세월은 멈추지 않습니다. 마치 물 흐르듯 세월은 가고 있는데, 나는 정지해 있다면 정지하고 있는 그만큼은 퇴행하는 것이지요. 그런데 그 퇴행의 속도는 개인차가 있어서 급속하게 퇴행하는 경우도 봅니다. 늙어서 퇴행이 빨라지면 마침내 내면의 아이가 자신의 삶과 인격 전체를 지배하면서 말 그대로 어린애가 되기도 합니다. 그러면 늙으면 애가 된다는 말이 그대로 적용될 수도 있습니다. 나이라는 외적 표시는 여기서 그렇게 중요해 보이지 않습니다. 나이를 먹듯이 자신의 내면의 아이도 성장하여 어른이 되어야 합니다. 그러면 정진해야 되겠지요.

정진에 대한 모범을 보여주신 분은 이 책의 교정을 봐주신 제 은사님이십니다. 정진이라는 개념 안에는 자기 성찰이 포함되어 있지요. 선생님께서는 기업체의 임원으로 은퇴를 하셨는데 퇴사하는 날 회사 복도에서 그 기업체 회장을 만났답니다. 그래서 은

퇴를 한다고 인사를 했더니 상투적인 인사만 받고 끝내더라는 것이었답니다. 그래서 처음에는 상당히 섭섭하셨는데 곧 당신을 성찰해보시니 섭섭할 것이 없다는 것을 아셨습니다. 그 회장은 기업에서 일할 기회를 준 것이고, 정년이 되도록 만족스럽게 일했고, 때가 되어 물러나는 것인데, 이러한 현실을 보지 못하고 눈앞에 보이는 섭섭함에 마음을 빼앗긴 당신을 성찰하셨다고 합니다. 이러한 성찰이 없으면 은퇴하고도 늘 불만에 가득 찬 생활을 하고 계실지 모릅니다. 그러나 지금은 행복하게 은퇴 생활을 즐기고 계시지요. 이렇게 정진한다는 것은 자기 성찰을 통해 보다 향상된 삶의 질을 향하는 것을 의미합니다.

필자가 어려서 들었던 함석헌 선생이 한 비유는 필자의 삶에서 평생 그림자처럼 따라다녔습니다. 그분의 비유는 다음과 같습니다. 모든 동물들 중에서 유일하게 직립할 수 있는 종은 인간입니다. 그런데 계속 서 있으면 힘들고 피곤해집니다. 그것보다 더 편한 것은 앉아 있는 것입니다. 그런데 계속 앉아 있기도 역시 힘든 일이지요. 앉아 있는 것보다 더 편한 것은 누워 있는 것입니다. 그런데 계속 누워 있는 것도 여간 힘든 일이 아니라서 오래 못 합니다. 그것보다 편한 것은 자는 것입니다. 오래 누워서 잠만 잔다면 욕창이 날 수도 있고 누워 있는 자체도 견디기 힘들어지지요. 그것보다 편한 것은 죽는 것입니다. 결국 편한 것을 추구하고 산다면 인간으로서 죽는 길을 가는 것입니다. 반대로 자는 것보다 깨어 있기를, 누워 있는 것보다 힘들지만 앉아 있기를, 앉아 있기보다 힘들지만 기꺼이 서 있기를 택함으로 해서 힘들고 피곤하지만 그것을 거슬러 살아가는 것이 인간이랍니다. 그리고 마침내 두 발은 땅에 딛고, 허리를 꼿꼿이 세우고, 머리를 들어 하늘을 바라보면 인간으로 태어난 목적을 실현하는 것이고, 또 그렇게 사는 것이 인간으로 살아가는 것이라고 합니다.

저는 이 비유를 어려서부터 가슴에 품고 살았습니다. 결국 정진하지 않으면 머무는 것이 아니라 후퇴하는 것이며 인간으로서 죽음의 길을 가는 것입니다. 성숙을 거스르는 심리적 퇴행도 마찬가지입니다. 대가 없이 얻는 것은 없습니다. 그래서 정진하는 데에는 약간의 긴장과 도전이 있어야 하고 때로는 피곤할 수 있습니다. 그러니 편하고 쉬운 것만 찾아서 할 수는 없겠지요. 정진은 하고 싶은 것을 하는 것이 아니며 해야 할 것을 해야 하는 수고가 따릅니다.

가진 것을 언제라도 내려놓을 수 있는 것도 훈련이 필요합니다. 그러나 세상에 편안한 훈련은 없지요. 그럼에도 불구하고 스스로 고단한 훈련을 선택한다면 노년에도 큰 도전이 아닐 수 없습니다. 그러나 소유로부터 자유로워질 수 있고, 그로써 노년의 품위를 유지할 수 있다면 못 할 것도 없습니다. 그러므로 소유로부터 자유로워질 수 있도록 정진해야 합니다. 에리히 프롬(Erich Fromm)이 소유할 것이냐 존재할 것이냐에 대하여 논하였듯이 소유는 어떻게 존재할 것인지를 결정하지 않습니다. 따라서 무엇을 가지고 있는가 하는 것보다 어떠한 인격으로 존재할 것인지에 대해서 더 관심을 가져야 합니다. 자신이 움켜쥐고 있는 것을 놓으면 내 영혼은 자유로워집니다. 달리 말하면 소유보다 어떻게 존재할 것인가에 초점을 맞추어 정진해야 합니다. 곱게 늙기 위해서 이렇게 정진하려는 긴장과 도전을 수용해야 합니다.

6장

[Interesting 관심]

삶에 관심을

◇

어린 나이에는 세상이 온통 호기심 천국이지요. 세상이 모두 새롭고, 경이롭고, 신비롭고, 그래서 인생은 즐겁습니다. 어려서는 볼 것도 많고, 배우고 익힐 것도 많고, 해보고 싶은 것도 많습니다. 하지만 세월이 가고 나이가 들수록 그리고 오래 살수록 해볼 것 다 해보고 나니 세상에 새로운 것도 없고 재미있는 것도 별로 없습니다. 어릴 때에는 말똥이 굴러가도 웃는다고 했지만 웬만해서 웃을 일도 없고 재미나 흥밋거리도 적어집니다. 인생에 새로울 것도 없으니 세상일에 무심해지기 쉽지요. 그래서 노인이 되면 초연해질 수 있고, 그것은 노인만이 누릴 수 있는 여유이며 장점일 겁니다.

노인이 되면 젊은이들보다 불편심(不偏心, indifferentia, 라틴어로 한쪽으로 치우침이 없음을 뜻하며 영어 indifference의 어원)의 경지에 한 발 더 가까이 다가설 수 있습니다. 불편심은 달리 말하면 초연함이라고도 할 수 있기 때문입니다. 이냐시오 성인에게는 이 불편심이 영성 생활에 있어서 아주 중요한 개념이었습니다. 치우치지 않고 중용을 지키며 균형 잡힌 삶을 살 수 있는 것이 불편심의 특징입니다. 불편심에 이르면 부유하게도 살 수 있으며 가난하게 살아도 괜찮고, 명예롭게 살아도 좋고 멸시당해도 괜찮습니다. 칭찬받아도 좋고 비난받아도 괜찮으며, 건강해도 좋고 병들어도 괜찮습니다. 피조물로서 오직 창조주 하느님의 영광을 위해서라면 어떠한 처지에서도 감사하고 살 수 있다면 영성 생활에 있어서 최고의 경지인 불편심에 이미 다다른 것입니다.

이러한 불편심이 부정적으로 흐르면 무관심이 될 수 있으나 무관심은 불편심과 분명한 차이가 있습니다. 불편심이 초월(transcendence)의 경지라면 무관심은 도피의 방편입니다. 세상

과 이웃을 포함하여 자신에게 주어진 삶에 관심이 없으면 생동
감을 잃게 됩니다. 세상만사 모든 것에 무관심해지면 살아 있어
도 죽은 것과 다를 바가 없습니다. 살아 있다는 것은 주변에 관
심을 갖는다는 것이고 애정을 가지고 개입할 때 살아 있음을 확
인하는 것입니다. 그런데 노인이 되어서 무관심이 확장되면 살
아 있으되 죽은 고목같이 보일지 모릅니다. 이미 언급한 대로 노
인은 초월과 개입 사이에서 균형을 잡아야 하며, 세상에 관심을
갖되 치우침이 없어야 합니다. 세상에 관심을 갖는다는 것은 살
아 있다는 것입니다. 더구나 적극적 관심은 노인에게도 생명력
을 줍니다.

　시몬 드 보부아르(Simone de Beauvoir)가 프랑스의 100세 이
상의 장수마을을 연구한 결과는 낙관적이었습니다. 그 장수마
을에서 대부분의 노인들은 99세에 당구를 치거나, 독서를 하거
나, 뜨개질, 산책 등의 소일거리를 유지하고 있었답니다. 그들은
현 세대에 대하여 불평은 있었으나 동시대에 대한 관심을 가졌
고 세상 돌아가는 일에 접촉을 유지하고 있었다고 합니다.8) 그

---

8) Simone de Beauvoir, *Old Age*, p. 15(위의 책, 446쪽 재인용).

들이 건강하게 장수를 누릴 수 있었던 것도 삶의 관심일 것으로 생각되는 사례라고 할 수 있겠습니다.

세상에 대한 관심의 대상도 다양할 수 있습니다. 동시대의 정치적 역동성, 문화적 변천, 사회 및 경제 등과 같이 모든 분야에 관심을 가지게 되면 부지런해지지 않고서는 따라가기 쉽지 않을 것입니다. 설령 열심히 따라간다고 하더라도 그 삶은 버거울 수밖에 없습니다. 간단한 예로 기능이 점점 많아지고 복잡해지는 휴대폰을 지금 따라가지 못하면 그다음에 더욱 발전된 것은 손에 넣을 엄두조차 못 냅니다. 지금 따라가야 다음의 것을 이용할 수 있습니다. 그런데 이 밖에도 변화되는 모든 분야에 관심을 갖거나, 그것을 따라가는 것은 노인에게는 너무나 벅차고, 또 굳이 그럴 필요도 없는 것들이 있습니다. 그럼에도 불구하고 관심 분야를 찾아야 합니다. 그래서 고령화되어서도 관심을 갖고 노년을 의미 있게 보낼 수 있는 것들을 세 가지로 요약해보기로 했습니다.

취미

◇

　노인이 되어도 노동할 권리가 있고 직업을 갖거나 생산 활동
에 종사할 수 있습니다. 하지만 사회적 통념상 노인이 되면 노동
연령이나 생산 연령에서 제외됩니다. 노동에서 벗어난다는 것
은 그만큼 시간적 여유가 생긴다는 뜻이 되기도 하지요. 물론 노
동이라는 것이 가사노동도 포함되는 것이어서 여성의 경우 며
느리나 가사도우미가 없다면 노인이 되어도 노동은 계속 연장
됩니다. 여성이 노령이 되어도 설상가상으로 손자나 손녀딸을
돌보아주어야 하는 경우가 생기면 여유로운 시간을 빼앗기기도

합니다. 하지만 그렇다고 하더라도 여성이 직업을 가지고 있을 때보다는 상대적으로 여유가 있다는 것은 틀림없습니다. 생업에서 벗어난 여성이 며느리와 함께 살게 되면 다행히 가사노동으로부터도 조금은 짐을 덜게 됩니다.

남성의 경우는 퇴직 후 여성들보다는 한층 더 넉넉한 시간이 주어집니다. 요즈음은 남성도 가사노동을 분담하는 경우가 많이 있지만, 가부장적인 분위기에 익숙하거나 그것에 학습된 많은 남성들은 퇴직 후에도 가사노동을 분담하지 않습니다. 특히 그러한 경우의 남성들은 퇴직 후 갑자기 주어진 시간을 어찌할 줄 모르게 됩니다. 심한 경우에는 할 일이 없어졌다고 생각하고 무료한 시간들을 보내기도 합니다. 이때 할 일 없어 무료해진 노인들은 남성, 여성 할 것 없이 주로 TV를 가까이 하게 됩니다. 물론 TV를 통해서 많은 정보를 얻을 수 있기 때문에 긍정적인 면이 틀림없이 있습니다만 필자에게는 부정적인 요소가 더 많아 보입니다.

한동안 TV를 바보상자라고 부른 적이 있었지요. 필자는 TV를 안 본 지 꽤 오래되었습니다. 아마 20대 초반으로 기억합니다만 그날도 무심코 TV를 켰습니다. 그런데 아무 생각 없이 TV

를 보고 있는데 마지막 방송인 애국가가 흘러나오더군요. 그때까지 넋을 놓고 멍하게 TV를 바라보고 있었던 자신의 모습이 너무 한심했습니다. 그 이후로 뉴스를 본다든지 월드컵축구 등 특별한 일이 없으면 TV를 켠 적이 없습니다. 그래서 연예인들을 거의 모릅니다. 그런 이야기를 방송을 전공한 막내 동생에게 했더니 다른 채널로 바꾸지 못하게 하는 기술, 고정 청취자를 만들어야 하는 것이 방송에 종사하는 사람들의 목표라고 합니다. 그렇다면 저는 더더욱 그들의 전략에 넘어가고 싶지 않습니다. 조정당한 것 같다는 느낌 자체가 그리 유쾌하지 않은 것이지요.

　TV를 끄고 나니 시간이 많아졌고 상대적으로 자신을 위해 쓸 수 있는 시간과 생산적인 일을 할 수 있는 시간이 늘었습니다. 그리고 저는 침묵의 시간을 즐기기 시작하더군요. 라디오나 음악을 듣는 것도 가끔은 좋으나, 때로는 음악에 내 감정을 맡기고 싶지 않을 때도 있지요. 뿐만 아니라 음악보다 침묵이 더 필요할 때가 있습니다. 침묵은 역동적입니다. 침묵 가운데에 있으면 아무것도 하고 있지 않는 것 같지만, 실상 엄청난 일들이 침묵 가운데 일어나기도 합니다. 그리고 침묵은 물리적인 현상계를 넘어서 영원을 향하게 하며 제 삶의 여정을 밖에서 안으로 향하게 합니다. 이와 같이 TV를 끄면 낭비되는 시간이 없어집니다. 그리고 취미 생활을 찾게 되고 그를 통하여 자신을 개발할 수 있는 시간을 벌어줍니다.

젊어서 삶의 여정이 밖을 향해 있을 때, 노동에 쫓기고, 일의 노예가 되었을 때, 왜 이렇게 내 시간이 없는지 불만스러울 때, 그렇게도 갖고 싶어 했던 그 시간은 노인이 되어서 비로소 넉넉하게 주어집니다. 하지만 막상 그 시간이 주어졌는데 무엇을 해야 할지 모른다면 안타깝기 짝이 없습니다. 그럴 때 취미 생활을 향유할 수 있다면 삶이 무료해지지 않습니다.

취미 생활은 자신의 삶과 세상에 대한 관심을 갖는 것입니다. 노인이 되어서 주어진 시간을 할 일 없어 빈둥댄다는 인상을 주면 추하게 보입니다. 자신에게 맞는 취미를 찾는 것은 자신에 대한 새로운 발견이고, 삶에 대한 의욕을 일으키고, 무료한 시간을 없애줍니다.

필자의 어머니는 꽃을 좋아하셔서 많은 화분을 키우십니다. 성당에서 성모의 밤을 마치고 장미 한 송이씩을 나눠주면 그것을 집에 가지고 와서 그 장미에 뿌리가 돋게 해 그 한 송이로 다시 꽃을 피우기도 하십니다. 그러한 어머니를 보면 존경과 경외

심이 절로 들지요. 그렇게 화초를 살리는 재주는 어디서 배워서가 아니고 수차례 시행착오를 겪으며 <u>스스로 터득하신</u> 지혜입니다. 그렇게 생긴 지혜를 젊은 제가 배우기도 합니다.

　노인들이 흔히 하는 말이 "이 나이에 뭘 해?"라는 것입니다. 그렇지 않습니다. 노인도 뭐든지 배워야 합니다. 배움은 관심에서 비롯되고, 관심은 흥미를 유발합니다. 그리고 호기심은 사람을 젊게 합니다. 무엇이든 호기심을 가지고 바라보면 배우고 싶은 것이 보입니다. 이때 그것이 취미로 이어지게 해야 합니다. 많은 사람들이 나이는 숫자에 불과하다고 합니다. 나이가 들어도 할 수 있는 것이 있지요. 석관동 성당에서 어느 날 사목회의 때 연수 일정을 잡는데 모두에게 가능한 가장 적합한 날이 정해졌습니다. 그때 총회장이셨던 백승재(프란치스코) 형제님이 하는 말이 "연수 때문에 마라톤은 못 나가겠군요"라고 하는 것이었습니다. 저는 깜짝 놀랐습니다. 그분의 연세가 70대 중반이었기 때문이지요. 취미가 마라톤이라는 것이 놀랍기만 했습니다.

　마라톤 대회는 나가고 싶어도 하루아침에 나갈 수 있는 것이 아니지요. 보통 그 나이라면 마라톤을 한다는 자체가 무리일 수 있고 혹시 뛰더라도 심장마비로 쓰러질 수도 있는 나이일 것입니다. 준비되지 않으면 안 되는 일이 그분은 준비가 되어 있었던 것입니다. 저는 그분을 곱게 늙는 모델로 선정하고 이 책을 집필하면서 실명을 쓰겠다고 양해를 구했습니다. "이 나이에 뭘 하겠다고"라고 하면서 자신을 무시하지 마십시오. 할 수 있는 것이 분명히 있습니다. 관심을 갖고 찾아보면 노인이 돼서도 생동감이 있습니다.

공부

◇

　나이가 들면 배우고 싶어도 배울 수 없는 것이 생깁니다. 예를 들면 다리에 힘이 없는데 스키를 새로 배우겠다고 하면 무리가 되겠지요. 저는 지금이라도 맨손암벽등반을 배우고 싶습니다. 그래서 배우려고 시도를 했다가 강사로부터 그것을 배우기에는 너무 늦었다는 말을 들어야 했지요. 늙으면 배우고 싶어도 배울 수 없는 것들이 분명히 생깁니다. 하지만 늙어서도 배울 수 있는 것은 공부입니다. 공부는 연령에 제한도 없고 알아나가는 즐거움을 주기 때문에 노인에게 적합합니다. 그런데 우리가 많이 알면 알수록 모르는 것이 더 많다는 것을 알게 되고, 모르는 것이 많으니 자연히 공부를 할 수밖에 없으며, 그래서 죽을 때까지 배워야 한다는 것을 앞에서 언급했습니다. 이와 관련해서 사당동 성당에서 보좌신부를 하던 시절에 있었던 일을 소개합니다.

사당동 성당에 다니던 한 노인은 거동이 불편한 부인과 함께 반지하에 사셨습니다. 저는 그 할아버지의 부인에게 병자 영성체를 해드리기 위하여 그분의 집을 방문했을 때 깜짝 놀랐습니다. 그때 그분은 워낙에 기품이 있어 보여서 그런 분은 반지하에서 살아서는 안 될 것 같은 선입견이 있었던 것이지요. 그러한 선입견을 가진 제 자신이 부끄러웠습니다. 그런데 저는 그분의 방 안에 들어서며 다시 한 번 놀랐습니다. 방 안은 온통 책으로 가득 쌓여 있었고, 한쪽에는 책상을 개조해서 책상 가운데에 돋보기를 설치해, 그 아래에 책을 놓고 책장을 넘겨가며 읽을 수 있도록 만들어놨던 겁니다. 책은 책꽂이에만 있는 것이 아니라 바닥에도 산더미처럼 쌓여 있었고, 두 사람이 누울 자리만 빼고는 온통 책이었습니다 노아이 심해서 돋보기가 없이는 책을 읽을 수 없었던 그 노인을 보면서 감탄과 더불어 존경심이 저절로 우러나왔습니다.

누가 시켜서 억지로 한다면 못 할 일이겠지요. 그분으로부터 더 알고 싶고 더 배우고 싶은 갈망을 보면서 제 자신도 당장이라도 공부를 더 하고 싶은 마음이 일어났습니다. 그리고 사당동 성당에서 1년을 지내고 바로 뜻하지 않은 유학으로 이어졌고 원 없이 공부했던 기억이 있습니다.

유학할 당시 나이가 이미 40이 넘었으니 공부를 그만하고 싶을 나이라고 생각할 수 있습니다만 가장 열심히 공부했고, 지금도 공부하고 싶습니다. 공부에는 나이가 아무런 장애가 되지 않습니다.

돋보기로 책 읽던 사당동 그 어른은 참 곱고 아름답고 품위가 있어 보였습니다. 반지하에서 허름하게 살고 계셨어도 유복하고 부유하게 살 줄 아는 분이었는데 그런 품위가 어디에서 나온 것일까 생각해보았습니다. 틀림없이 책이 그분을 그렇게 만들었을 겁니다. 그러한 주장을 할 수 있는 것은 근거가 있지요.

공부를 잘하거나 공부를 많이 한 학생들은 표정에서도 드러납니다. 그리고 많이 아는 만큼 외모에 드러납니다. 무전여행이 유행이던 시절에 대학생이었던 필자는 봄 축제 때 축제에는 가지 않기로 하고 축제 기간 동안 수업이 없으니 친구와 둘이 무전여행을 떠났지요. 거지꼴을 하고 최소한의 장비를 가지고 바다로 산으로 여행을 다니던 중 어느 날 강원도 양양의 오색 약수터에 도착했습니다.

때는 봄이었는데 배낭에 쌀은 있었으나 반찬은 하나도 없었습니다. 그래서 그곳에 늘어서 있던 한 가게에서 고추장을 얻을 생각을 하고 친구와 두릅을 따서 고추장에 찍어 반찬으로 삼기로 했습니다. 산에서 두릅을 한 움큼 따서 내려오다가 설악산 국립공원관리인에게 그만 들키고 말았습니다. 그분은 우리를 야단치면서 이렇게 말했습니다.

"배울 만큼 배운 사람이 왜 이런 짓을 해요!"

우리의 몰골은 거지 행색이었습니다. 교복이나 학생이라고 생각될 어떤 표시도 없었습니다. 그런데 왜 배운 사람이라고 단정 지었을까요. 아마 행색은 그래도 조금은 대학생 티가 났나 봅니다. 그나마 배움이 사람을 만들었나 봅니다.

노인도 공부해야 합니다. 공부를 하면 아는 것이 많아지고, 아는 것이 많아질수록 더 많이 알고 싶어진 것입니다. 그러면 노인이 되었어도 어린아이들처럼 호기심이 되살아납니다. 그렇게 호기심이 가득한 맑은 눈을 가진 노인은 비록 노화되었어도, 얼굴에 주름이 가득해도 사랑스러워 보입니다. 그리고 배움이 가득한 노인은 분위기에서도 품위가 드러나고, 그 품위가 노년을 아름답게 만듭니다. 혹시 너무 늦었다고 생각되더라도, 그 나이에도 공부합시다.

봉사

◇

서울에서 전철 1호선을 타고 가다 보면 유난히 노인들이 많습니다. 그 노인들은 종로3가역에서 가장 많이 내립니다. 그곳에 노인들의 휴식처인 파고다공원이 있기 때문입니다. 그곳에 모여 있는 노인들은 언뜻 봐도 할 일 없는 사람들처럼 보입니다. 물론 모두가 그런 것은 아니겠지만 마치 인생을 낭비하는 것처럼 보일 수 있겠다는 생각이 듭니다. 만약에 제 눈에 비친 그러한 인상이 사실이라고 전제하면, 무엇이든 배우려고 하지 않아도 좋으나 적어도 무엇인가 의미 있는 일을 할 수 있지 않겠나 하는 안타까운 생각이 듭니다. 아무런 재능도 없고 배운 것이 없어도 누구나 할 수 있는 것이 있습니다. 그것은 바로 봉사입니다.

캐나다 유학 시절에 캐나다 가정에 초대를 받아서 그 가족들과 함께 식사를 하게 되었습니다. 그 가족 중에는 지팡이가 없이는 잘 걷지 못하는 할머니가 한 분 계셨는데, 식사를 마치고 이야기를 나누던 중에 그분이 먼저 일어나겠다고 했습니다. 무슨 일이냐고 물으니 자원봉사를 가야 한다고 했습니다. 무슨 자원봉사를 하느냐고 물었더니, 걷지 못하기 때문에 늘 누워 있는 사람이 있는데 그 사람의 이야기를 들어주러 간다는 것이었습니다. 그분은 비록 지팡이에 의존하지만 적어도 걸을 수는 있으니, 자신보다 더 안 좋은 처지의 사람에게 말벗이 되어주고 이야기를 들어주는 봉사를 하는 것이었습니다. 저는 감동을 받았습니다.

우리는 가진 것이 없어도 나눌 수 있는 것들이 참 많이 있습니다. 불교에서는 아무것도 가진 것이 없어도 베풀 수 있는 것을 무재칠시(無財七施)라고 합니다. 안시(眼施), 화안시(和顏施), 언사시(言辭施), 신시(身施), 심시(心施), 상좌시(狀座施), 방사시(房舍施)가 그것인데 저는 여기에 기도시(祈禱施)를 하나 더하고 싶습니다. 아무리 가진 것이 없어도 기도해줄 수 있기 때문입니다. 그러면 무재칠시가 되겠네요. 여덟 가지 가진 것이 없어도 나눌 수 있는 것이 모두 봉사입니다. 그런데 이 여덟 가지 말고도 자신의 재능이 있다면 금상첨화겠지요.

　재능에 관해서는 마태오복음의 달란트의 비유(마태 25, 14-30)에 잘 나타나 있습니다. 주인은 각자의 능력에 따라 어떤 사람은 다섯 개, 어떤 사람은 두 개, 어떤 사람은 한 개를 주고 먼 길을 떠납니다. 이때 다섯 달란트를 받은 사람은 열 배로 늘렸고, 두 달란트를 받은 사람도 두 배로 늘렸습니다. 그래서 여행에서 돌아온 주인에게 칭찬을 받습니다. 하지만 한 개를 받은 사람은 그것을 땅에 숨겨두어 받은 그대로 주인에게 돌려줍니다. 그래서 주인에게 야단맞지요. 사람들마다 다르게 재능을 받지만 받은 재능은 땅에 묻어두라고 있는 것이 아니라 사용해서 불려놓으라고 준 것이지요. 이와 병행 구절로 루카복음 19, 11-27은 마태오와 상황 설정은 비슷하나 조금 차이가 있습니다.

　마태오는 사람마다 다른 달란트를 주지만 루카는 열 사람 모두에게 똑같이 한 미나씩 줍니다. 그런데 그것을 어떤 사람은 열 배, 어떤 사람은 다섯 배로 늘립니다. 그런데 한 사람은 마태오에서와 마찬가지로 한 개를 그대로 가지고 있었습니다. 결국 이 사람도 야단을 맞은 다음에 가지고 있던 한 개마저 빼앗길 상황까지 갑니다. 약간의 차이를 보이는 두 복음은 공통적으로 마무리됩니다. 누구든지 가진 자는 더 받고 가진 것이 없는 자는 가진 것마저 빼앗길 것이라고 마무리 된다는 것입니다.

그렇다면 여기서 누구나 똑같이 받은 것처럼 우리도 누구나 똑같이 가지고 있는 것은 무엇일까요. 예를 들면 시간과 몸입니다. 누구도 예외 없이 하루 24시간을 받았습니다. 그리고 장애를 가지고 있지 않은 한 누구나 두 팔과 두 다리, 얼굴과 몸통을 똑같이 가지고 있습니다. 문제는 똑같이 받은 것을 그대로 가지고 있지 말라는 것입니다. 누구나 똑같이 받은 시간과 몸이지만 그것을 어떻게 쓰느냐에 따라서 몇 배로 늘릴 수도 있습니다. 우리는 배운 것도 없고 할 줄 아는 것이 없어도 시간은 내줄 수 있습니다. 달란트를 땅에 묻어두듯이 아무것도 안 하며 시간을 낭비해서는 안 된다는 경고입니다. 뿐만 아니라 재능이 없어도 몸으로 봉사할 수도 있는데 몸을 그대로 가지고 있어서는 안 된다는 뜻이지요. 이렇게 아직은 사용할 수 있는 몸이고, 그래서 시간을 내서 봉사는 할 수 있다면 노년도 의미 있게 보낼 수 있겠죠.

주변을 돌아보고 열심히 찾아보면 자신보다 더 어렵고 도움을 필요로 하는 사람들이 많을 것입니다. 찾아보는 것도 관심이 있어야 가능합니다. 나보다 더 가난하고 소외된 이들에 대한 관심, 그들을 찾아보려는 노력, 그리고 누가 알아주지 않아도 그들을 위한 봉사, 그 자체로 노인들의 삶도 행복해질 수 있습니다. 봉사도 관심이 있어야 가능합니다. 노인들이 자신의 삶에 안주하지 않고, 주변 사람들과 세상에 관심을 갖고, 기쁜 마음으로 봉사하면 보기에도 아름다워 보이고 늙어서도 사랑을 받습니다. 봉사도 곱게 늙는 방법 중에 하나입니다.

무재칠시(無財七施) : 재물이 없어도 베풀 수 있는 일곱 가지

안시(眼施) : 따뜻한 눈길

화안시(和顔施) : 밝은 얼굴로 대함

언사시(言辭施) : 좋은 말로 상대를 기쁘게 함

신시(身施) : 노력봉사 등 몸으로 수고스러움을 덜어주는 것

심시(心施) : 마음을 곱게 써줌

상좌시(狀座施) : 자신을 낮추며 자리를 내어주고 배려함

방사시(房舍施) : 타인에게 방을 내주는 것

7장

[Clean and bright 청결과 밝음]

깨끗하고 밝게

◇

　늙으면 지저분해진다는 사회적 통념에도 동의하지 않습니다. 깨끗하고 깔끔하게 살아가는 노인들도 주변에서 많이 볼 수 있기 때문입니다. 깨끗한 몸과 마음일 때 사람에게 다가가기 수월하고 조금만 관심을 기울이면 그렇게 될 수 있습니다. 하지만 깨끗한 외모, 다시 말하면 깨끗한 옷차림과 깨끗한 냄새에 대한 관리는 소홀하기 쉽습니다. 그래서 이 책에서는 소홀하기 쉬운 깨끗한 외모에 대해서만 생각해보도록 하겠습니다.

깨끗함과 밝은색

◇

요즈음 대부분의 욕조와 변기는 모두 밝은색으로 만들어지지만 한동안은 어두운색이 유행처럼 퍼졌습니다. 아마도 어두운색이라야 지저분한 분변이나 때가 묻어도 눈에 잘 보이지 않기 때문이었을 겁니다. 하지만 더러운 것이 보여야 청소를 하거나 지울 수 있지요. 그래서 이제는 어두운 변기가 모두 사라진 듯합니다. 어두운색은 얼룩이 지고 지저분해도 잘 보이지 않습니다. 그러나 밝은색일수록 오염된 것이 눈에 더 잘 들어옵니다. 눈에 잘 들어와야 깨끗이 할 수 있지요. 그래서 옷을 밝게 입는 것도 깨끗하게 사는 하나의 방법입니다.

노인이 되면 표정도 어둡게 보일 수 있는데 거기다가 옷까지 어두우면 아무리 깨끗이 목욕을 하고 다녀도 지저분한 인상을 주기 쉽습니다. 그래서 늙을수록 밝은색을 입고 다녀야 하지요. 몇 해 전에 어머니와 해외 성지순례를 다녀온 적이 있습니다. 출국할 때 면세점 구경을 하면서 어머니에게 선글라스를 하나 사드리고 싶었습니다. 판매원은 노숙한 색의 선글라스를 어머니에게 추천했습니다. 그런데 어머니는 자꾸 새빨간 선글라스 쪽으로 눈을 돌리시는 것이었습니다. 그러나 노인이 그런 빨간색을 써도 좋은지 망설이시는 모습이 역력했지요. 그래서 어머니에게 용기를 드렸고 결국 새빨간 선글라스로 구입했습니다. 그리고 저는 판매원에게 제 생각을 말했습니다.

"젊은이들에게는 오히려 노숙한 색을 권할 수 있으나, 노인들에게는 노숙한 것을 포함해 밝은색도 권하면 좋지 않을까요?"

성지순례 중에 빨간색의 선글라스를 쓰신 어머니의 용기에 함께했던 일행들은 감탄했습니다. 그리고 선글라스를 쓰신 할머니가 너무 예쁘고 귀엽다는 찬사와 함께 어머니는 성지순례 내내 일행들에게 사랑을 듬뿍 받으셨지요. 물론 밝게 입는다고 해

어머니에게 밝은색의 옷을 입으라고 권해드린 적이 없습니다. 그런데 알아서 그렇게 입으시네요. 저 선글라스가 면세점에서 사 드린 선글라스입니다.

서 지나치게 화려하게 입으면 눈살을 찌푸리게 할 수 있습니다. 화려한 것과 밝은 것은 분명히 개념이 다른 것이지요. 비록 화려하지 않아도 옷을 밝게 입으면 노년의 어두움을 조금은 걷어내고 깨끗하게 보일 수 있습니다.

아무리 밝은 옷을 입어도 표정이 어두우면 깨끗한 옷이라도 어둡게 보일지 모릅니다. 사람들은 제일 먼저 옷을 보는 것이 아니라 표정을 보며, 표정에서 받은 선입견이 연장될 수 있기 때문입니다. 그래서 표정도 밝게 해야 합니다. 표정이 밝아지려면 내 마음을 다스릴 수 있어야 하겠지요. 내 마음이 우선 편안해야 합니다. 내가 편안하면 세상이 다 편안하게 보이고 내 표정도 밝아집니다. 하지만 내 마음이 어두우면 세상이 다 짜증스러워 보이고 표정도 어두워 보이는 법이지요.

무엇이 자신의 마음을 어둡게 하는지 성찰하고 그 원인을 제거하면 됩니다. 예를 들면 자식들이 속을 썩여서 마음이 편할 새가 없다고 생각하나요. 그러면 자식들과의 심리적 유대를 놓으면 됩니다. 자녀와 부모의 지나친 심리적 유대는 자식의 성장에도 장애가 된다는 것을 에리히 프롬은 《건전한 사회(The Sane Society)》에서 이미 언급한 바가 있죠. 자식도 어느 정도 성장했으면 잘살든 못살든 본인의 책임인 것이지 부모의 책임은 아닙니다. 다 큰 자식들도 돌봐줄 수 있으면 돌봐주는 것이 좋겠지만 돌봐주지 않아도 자식은 자신의 몫으로 살아가는 것입니다. 자식 걱정을 매일 한다고 해서 자식이 잘될 것 같으면 밥도 먹지 않고 잠도 자지 않으면서 걱정해주면 됩니다. 그런데 그렇게 걱정해준다고 무엇이 바뀌거나, 달라지거나, 못 되던 일이 잘 되는 것이 아니지요. 그러니 지나치게 자식 걱정에 마음을 어둡게 만들 필요가 없습니다.

그렇다고 자식들에게 무관심하라는 것이 아닙니다. 관심은 사랑의 한 표현입니다. 관심은 갖되 그것에 온통 마음이 사로잡혀서 우울해질 필요가 없다는 것입니다. 할 수 있는 일과 할 수 없는 일을 구별하여 할 수 있는 것만 하면 됩니다. 할 수 있는 것은 자식들을 위해서 기도해주는 것입니다. 그리고 하나 덧붙인다면 부모가 자식을 사랑하고 있음을 느낄 수 있도록 할 수 있다면 그것으로 충분합니다. 부모가 자식의 삶에 직접 개입하여 할 수 있는 것은 그렇게 많지 않을 뿐 아니라 그럴 필요도 없습니다. 그러니 자식 걱정으로 마음을 어둡게 만들어서는 안 되겠지요. 자식 걱정으로부터 자유로워지면 나의 표정이 밝아지고, 표정이 밝아야 깨끗해 보입니다.

자식 말고도 우리를 어둡게 하는 것이 많이 있지요. 과거의 상처나 미래에 대한 불안이나 걱정도 표정을 어둡게 합니다. 그런데 과거는 이미 내 손을 떠난 것이고 되돌리거나 돌이킬 수 없는 지나간 것입니다. 아무리 과거가 후회되고, 과거의 사건이 나에게 상처를 주었고, 그래서 늘 속상해한다고 해서 그러한 일들이 회복되거나 상처가 치유되지 않습니다. 노인은 추억을 먹고 산다고 합니다. 그것이 긍정적인 것이고 우리를 행복하게 한다면 추억을 먹는 것이 유익할 것입니다. 그러나 과거의 상처가 나에게 고통만 준다면 내 마음을 과거에 빼앗겨서는 안 될 것입니다.

마찬가지로 미래에 내 마음을 빼앗겨서 염려와 걱정으로 가득 차 인생을 낭비할 필요가 없습니다. 미래는 단 하루도 보장되지 않았습니다. 타워크레인이 쓰러지면서 여러 명이 죽은 사고가 있었습니다. 1분 전만 하더라도 망자들은 전혀 죽음을 예상 못 했을 것입니다. 갑작스레 사고로 죽은 사람들은 모두 그렇습니다. 그러한 일이 나에게 일어나지 않는다는 보장이 없습니다. 잔인한 이야기같지만 그것이 모든 인간의 현실임에도 불구하고 외면하며 살아가지요. 미래는 언제까지 나에게 허용되는 것인지 아무도 모릅니다. 그리고 내 손에 달려 있지도 않습니다. 노년이 되어 모두가 공감하는 것은 인생이 자신의 계획대로 진행되지 않더라는 것입니다. 그런데도 우리는 미래를 걱정하고 염려와 불안 속에서 살아가기도 합니다. 그럴 가치가 있는 것인가 생각해보기도 전에 이미 많은 에너지를 미래를 위해 쓰고 있지요.

분명한 것은 우리는 오직 현재만 경험할 수 있다는 것입니다. 어제는 분명 과거였지만 현재로 경험했던 것이고, 내일은 아직 안 왔지만 내일이 오면 역시 현재로 경험하게 될 것입니다. 그러므로 우리는 영원한 현재를 살아갑니다. 그런데 현재에 있으면서도 과거나 미래에 매달려 있으면 인생이 괴로울 겁니다. 현재에 머물 줄 알면 이 순간에 내가 향유하는 시간이 얼마나 큰 은총의 순간인지 깨닫게 됩니다. 그래서 신앙인들은 하느님의 뜻은 늘 현재에 있다고 합니다. 교회의 위대한 교부 가운데 한 분인 아우구스티노 성인이 "과거는 하느님의 자비에, 현재는 하느님의 사랑에, 미래는 그분의 섭리에 맡겨라"라고 가르쳤던 것도 이와 같은 맥락에서 이해할 수 있습니다.

죽은 소크라테스보다 살아 있는 돼지가 더 낫다든가 개똥밭에 굴러도 이승이 낫다는 속담이 있습니다. 살아 있는 이 순간이 은총이지요. 죽어버리면 세상은 나에게 아무것도 아닌 것이 되어버립니다. 생명이 있는 한 은총이고 축복입니다. 그러니 살아 있는 이 순간, 현재에 내 마음이 머물 수 있어야 합니다.

독자들은 지금 이 책을 읽고 있는 순간을 생각해보십시오. 먼 훗날 언제인가 시력을 잃게 된다면 책을 읽을 수 있는 것만 해도 얼마나 큰 기쁨이고 은총인지를 그때 가서야 알게 될 것입니다. 하지만 지금 책을 읽고 있습니다. 얼마나 행복한 순간입니까. 그런데 그것을 지금 자각하고 있습니까. 오늘 내가 낭비한 오늘 이 하루는 어제 죽은 사람이 그렇게 살고 싶어 했던 시간이라는 말이 있습니다. 그런데 우리는 지금을 감사하며 행복하다고 자각하며 살아갑니까. 이 순간이 얼마나 행복하고 소중한 시간인지, 지금에 충실해야 섬세하게 자각할 수 있습니다. 현재를 살아가야 합니다. 그러면 지금 존재함에 대한 감사와 기쁨, 세상이 얼마나 아름다운지에 대해서 눈을 뜨게 됩니다.

간혹 말기 암 환자들은 죽음에 이르러서야 세상이 얼마나 아름다운지를 자각하게 되었다고 합니다. 죽음을 눈앞에 두면 현재가 보이기 때문입니다. 카르페 디엠(carpe diem)이라고 하는데, 현재에 머물 줄 알게 되면 기쁨과 행복감을 느끼게 됩니다. 그러면 표정도 밝아질 수밖에 없지요. 밝은 표정은 자신의 마음에 달려 있습니다.

말기 암 환자에 비유할 수는 없지만 죽음에 가까운 노인은 세상을 아름답게 보기 시작한 암 환자와 같습니다. 노인의 지혜로 자신을 현재에 머무르도록 할 수 있습니다. 그러면 노년의 표정도 밝아집니다. 하지만 아직 표정이 어두우면 이 깨달음에 도달하지 못했다는 것이지요. 그렇다면 깨달음의 길로 정진하면 됩니다. 밝은 표정을 지을 수 있는 것도 결국 자신의 몫입니다. 밝은 표정과 밝은 옷을 입으면 노년이 되어도 지저분한 느낌을 안 줍니다. 노년을 아름답게 살아가는 방법이지요.

나쁜 냄새와 좋은 향기

◇

노인들은 냄새가 난다고 젊은이들이 싫어하는 경우가 많습니다. 하지만 노인이 아니라 누구라도 안 좋은 냄새가 나면 가까이 하기 싫은 것이지요. 가회동 성당을 지을 때 저는 이미 오래 피워왔던 담배를 끊은 상태였습니다. 원래 담배를 끊은 사람이 완전히 끊었다는 표시 중의 하나가 담배 냄새를 견디기 힘들 정도로 역겨워한다는 것입니다. 만약에 끊는 중에도 담배 냄새가 구수하게 느껴지면 아직 덜 끊은 것이고, 담배를 다시 피우게 될 가능성이 굉장히 높은 것이지요.

그런데 저는 담배를 끊을 당시에 처음에는 담배 냄새가 구수했었는데 지금은 역겨운 것을 봐서 완전히 끊었나 봅니다. 성당을 지을 당시에도 담배 냄새가 너무나 싫었고, 담배 냄새가 나면 힘들어 했습니다. 그런데 건축 감독은 흡연자였고, 매번 보고할 때마다 저에게 바짝 다가서는데 저는 냄새가 싫어서 몸을 뒤로 빼면서 보고를 받곤 했습니다. 냄새를 피하는 것도 하루 이틀이지, 어느 날 도저히 견딜 수가 없어서 감독에게 말했습니다.

　"저는 감독하고 가까이 지내고 싶은데 냄새 때문에 가까이할 수가 없네요. 저에게 보고하러 들어올 때에는 담배를 안 피우고 들어왔으면 좋겠어요. 가까이 좀 지냅시다."

　악취를 풍기는 사람이 있으면 주변 사람들이 떠납니다. 그런데 담배 냄새는 정말 고약하지만 정작 흡연자들 중에는 그것을 모르는 사람들이 많다는 것입니다. 요즈음은 여성 흡연자들도 많아졌고, 노인들도 여성 남성 할 것 없이 흡연하는 분들이 많이 있습니다. 물론 요즈음은 흡연자들이 편안하게 흡연할 장소가 줄어드는 것은 사실입니다. 그러면 흡연자들은 흡연할 권리를 주장합니다. 저 역시 흡연자였을 때 담배 피울 권리를 주장해 왔습니다. 그런데 정직하게 말하면 제가 잘못 생각하고 있었습니다. 권리주장은 타인에게 피해를 주지 않을 때 할 수 있는 것이고, 명백히 피해를 주고 있는 상황이라면 권리주장을 할 수 없겠지요.

저는 담배를 끊으려고 마음을 먹은 후부터 완전히 끊을 때까지 무려 10년을 끌어왔습니다. 그래서 애연가들에게 쉽게 담배를 끊으라고 말하지 못합니다. 그러나 분명하게도 남에게 피해를 주는 것이니 주의할 필요가 있다고는 말합니다. 특히 담배의 니코틴 성분은 수용성이기 때문에 흡연 후 손을 씻고 입을 물로 헹구면 웬만해서 냄새가 나지 않습니다. 몸을 자주 씻고 옷을 자주 갈아입으면 비록 담배를 피워도 손 씻고 입 헹구는 것만으로도 타인에게 담배 냄새를 풍기지 않을 수 있습니다. 그러나 담배를 피우는 한에서는 주변이 지저분해질 수밖에 없지요. 깨끗하게 사는 가장 좋은 방법은 담배를 끊는 것입니다.

담배도 피우지 않고 목욕을 자주 하고 옷도 자주 갈아입는데도 냄새가 나는 경우가 종종 있습니다. 그것의 범인은 속옷입니다. 우리는 폐와 코로만 숨을 쉬는 것이 아닙니다. 피부 전체가 숨을 쉽니다. 목욕당에서 목민 내놓고 몸을 탕 내에 깊게 담그면 답답한 이유가 바로 그러한 사실을 입증합니다. 몸이 숨을 쉴 때에는 노폐물을 몸 밖으로 방출합니다. 그런데 피부가 숨을 쉴 때 속옷은 노폐물을 걸러내는 필터 역할을 합니다. 그 노폐물이 쌓이면 고약한 냄새를 풍기게 되고 더 심해지면 지린내로 변합니다. 그래서 속옷을 자주 갈아입어야 냄새가 나지 않습니다. 때가 묻어 있지 않고, 오염된 것이 육안으로 보이지 않아 깨끗하게 느껴져도 오래 입은 속옷은 냄새를 품고 있어서 더러울 수 있습니다.

속옷까지 자주 갈아입어도 냄새가 나는 경우는 이부자리 때문일 겁니다. 이부자리는 자는 동안 피부의 호흡을 통해서 방출되는 노폐물을 밤새도록 받아냅니다. 그 냄새가 시간이 지나면서 이부자리에 배게 되면 아무리 속옷을 자주 갈아입어도 소용이 없습니다. 새로 갈아입은 속옷도 자는 동안 이부자리에서의 냄새가 속옷에 다시 배기 때문입니다. 그래서 비록 이부자리에 때가 안 끼었어도 자주 세탁을 해줘야 합니다. 이렇게 깨끗하게 살기 위해서도 부지런해져야 할 것 같습니다.

자신에게서 무슨 냄새가 나는지 자신은 잘 모르는 경우가 많습니다. 왜냐하면 후각은 모든 감각기관 중에서 가장 쉽게 피로감을 느끼는 기관이라서 냄새의 자극이 지속되면 금방 냄새를 맡지 못하게 됩니다. 그러므로 자신에게 늘 나는 냄새라면 자신만 못 맡는 것이지요. 자신이 못 맡는다고 해서 냄새가 안 난다고 할 수 없으니 늘 조심해야 합니다. 서양에 향수가 발달하게 된 것은 몸 냄새를 없애기 위해서라는 이론이 있습니다. 그러나 향수를 쓰는 것도 잘 써야 합니다. 향수가 몸의 냄새와 마구 섞이면 더 심각하게 냄새가 고약해질 수 있기 때문입니다.

어느 날 여동생이 향수를 사 와서 저에게 뿌리고 다니라고 했습니다. 몸에 냄새가 나는 것을 지독하게 싫어하는 저는 화장품도 잘 사용하지 않습니다. 사용하게 되는 경우는 주로 면도 후인데, 이때 쓰는 것도 가급적 냄새가 안 나는 것으로 최소한만 사용합니다. 그런 나보고 향수를 사용하라니요. 그러나 동생의 주장은 설득력이 있었습니다. 남자가 나이가 들면 홀아비 냄새가 나기 쉬우니까 남에게 피해 주지 않기 위해서이지 자신을 위해서 향수를 사용하는 것이 아니라는 것이었습니다. 물론 나에게 나쁜 냄새보다 향기로운 냄새가 나는 것이 사람들에게 호감도 주고 좋은 인상을 줄 수 있겠지요. 그러나 좋지 않은 향수나 너무 강한 향수 냄새를 맡으면 머리가 아파옵니다. 그러므로 좋은 향기를 풍기고 싶으면 좋은 향수를 최소한으로 사용하는 것이 좋겠지요. 냄새나서 싫다고 사람들이 외면하는 것보다 좋은 향기가 나서 모두가 가까이하고 싶어 하는 노인이 되면 좋을 겁니다. 필자의 어머니가 은행에 볼일을 보러 가면 은행원들이 아주 좋아한답니다.

"할머니가 오시면 늘 향기가 나서 너무 좋아요! 자주 오세요."

어머니는 제가 외국 나갈 때마다 늘 사다 드리는 향수를 약하게 뿌리고 다니십니다. 그래도 저는 향수를 사용하지 않습니다. 몸에서 냄새가 나는 것을 별로 좋아하지 않지만 비누 냄새는 좋아합니다. 그래서 가급적 향기가 적은 비누를 자주 사용합니다. 머리를 감아도, 샤워를 해도, 면도를 해도, 세수를 해도 몸에 사용하는 세제는 비누 하나로 충분합니다. 몸에서 나는 가장 좋은 향기는 비누 향기라고 생각해서 그런 것도 있지만, 유독 비누만 쓰는 이유가 또 있습니다. 비누를 사용하면 환경오염을 최소화할 수 있고 검소하고 소박하게 살아가는 맛이 있기 때문입니다. 그래서 어느 세제보다도 비누를 좋아합니다.

그러나 저 역시 나이가 더 들면 타인을 위해서라도 혹시 향수를 쓸지 모르겠습니다. 하지만 일단 제가 향수를 싫어하기 때문에 그럴 가능성은 낮아 보입니다. 노인들은 향기가 좋은 향수를

강하지 않게 약간만 사용하여 주변 사람들이 좋아하고 즐겁게 해줄 수 있습니다. 그렇다면 노인들도 향수를 쓰는 것이 좋을 듯합니다. 노인에게서 좋은 향기를 맡으면 사람들은 그 노인이 깨끗하다고 생각할 것입니다.

수염

◇

　수염에 대해서는 남성 노인들에게만 해당이 되겠습니다만 깨끗한 것에 관련되어 언급을 안 할 수가 없습니다. 수염을 기르면 지저분하다는 선입견이 있습니다만 잘 기른 수염은 보기 좋은 경우도 있습니다. 하지만 기를 수 있는 수염이 있고 길러서는 안 되는 수염이 있다는 것을 알았습니다. 기를 수 있는 수염은 적어도 세 가지가 충족되어야 합니다. 그러면 그나마 덜 지저분해 보입니다.

　첫째는 분포도입니다. 수염이 많은 사람, 적은 사람, 별로 없는 사람이 있습니다. 그와 마찬가지로 얼굴에 나는 수염의 분포도도 사람마다 모두 다릅니다. 만약에 코 아래는 듬성듬성 나면서 턱 아래에는 많이 나는 사람이 기르면 염소처럼 됩니다. 사람이 염소처럼 보이면 썩 좋게 보이지 않습니다. 코 밑에만 나는 경우, 얼굴 전체가 나는 경우도 있습니다. 수염의 분포도에 따라서 자란 수염의 모양이 다르므로 우선 분포도가 보기 좋아야 길러도 보기에 지저분하거나 흉하지 않습니다.

둘째는 밀도입니다. 수염이 너무 조밀하게 나면 시커멓고 보기가 흉할 수 있습니다. 물론 노인이 되어 수염이 모두 하얗게 변한다 하더라도 지나친 밀도는 보기가 불편합니다. 반대로 밀도가 너무 낮아 듬성듬성 나면 돼지털 같아서 보기가 안 좋습니다. 밀도가 너무 낮으면 차라리 면도를 하는 것이 깔끔하고 보기 좋습니다. 이처럼 수염의 밀도가 낮으면 기를 수 있는 수염이 아니니 기르는 것에 신중해야 합니다.

끝으로 수염은 반곱슬이어야 기르기 좋습니다. 반곱슬은 수염끼리 서로 살짝 엉키면서 자리를 잡고 모양을 만들어갑니다. 만약에 반곱슬이 아니라 직모(直毛)라면 수염의 대열에서 삐져나와 눈에 거슬립니다. 한두 개가 직모라서 튀어나온다면 기르면서 계속 잘라줘야 합니다.

　이상의 세 가지 조건이 잘 갖춰져도 다듬고 손질을 하지 않으면 자칫 지저분해질 수 있으니 부지런하지 않으면 수염을 기르지 못합니다. 그리고 기르기 시작할 때부터 어느 정도 자랄 때까지는 지저분할 수 있으니 그 단계를 잘 넘겨야 합니다. 천주교 서울대교구의 이문주 신부님께서는 수염을 근사하게 기르신 대표적인 경우입니다. 그런데 수염을 그렇게 근사하게 기를 수 있었던 배경 일화가 재미있습니다. 김수환 추기경님께서는 사제들이 깔끔한 것을 좋아하셔서 머리를 기르거나 수염을 기르는 것에 부정적이셨습니다. 그것을 알고 계셨던 이문주 신부님께서는 기르기 시작하면서부터 모양이 갖춰질 때까지는 가급적 추기경님의 눈을 피해 다니려고 했답니다. 그리고 어느 정도 수염의 모양이 나오고 나서 추기경님과 대면을 했는데, 추기경님께서는 "길러도 보기가 좋네"라고 하시면서 묵시적으로 허락을 하셨답니다.

　수염을 길러도 괜찮을 세 조건을 모두 갖추고, 보기 싫은 시기를 잘 넘기고, 어느 정도 모양이 나와서 부지런히 수염을 관리해도 수염 자체를 지저분하게 느끼고 싫어하는 사람이 있습니다. 필자는 안식년을 지내면서 누구의 간섭도 없으니 수염과 머리를 길러보았습니다. 저 역시 김수환 추기경님의 취향과 같이 워낙 단정한 것을 좋아하다 보니 수염이나 머리를 기르는 신부들을 별로 좋게 보지 않았습니다. 하지만 자유롭게 지낼 수 있었던 안식년 때, 수염과 머리를 기르면 내가 그것을 받아들일 수 있는지 시험을 해봤습니다. 그래서 머리를 길러서 꽁지머리도 해보고, 수염도 세 가지 조건이 모두 충족이 되니 바람에 날릴 정도까지 길러보았습니다. 그리고 그러한 모습을 제가 받아들일 수 있다는 사실을 알고 제 자신에게 놀랐습니다.

수염을 길러보니 나름 괜찮아 보였고 그 이후에 머리와 수염을 기른 신부님들을 불편함 없이 자연스럽게 바라볼 수 있게 되었습니다. 그런데 문제는 어머니가 못 견뎌 하시는 것이었습니다. 어머니와 같이 수염 자체를 지저분하다고 보는 사람들이 있습니다. 그래서 저는 앞으로도 안 기르기로 했습니다. 십인십색은 어쩔 수 없으니 좋아하는 쪽에 맞춰서 사는 것보다 싫다고 하는 쪽을 배려하는 것이 더 옳은 일인 것 같습니다.

8장

[Smile, Spirit, Soul 미소, 정신, 영혼]

노년의 미소
그리고
정신과 영혼에 관하여

◇

노년기에 오랜 세월 동안 웃음이 만들어준 눈가의 주름과 입가의 잔잔한 미소를 보인다는 것은 그동안의 삶을 여유 있게 살아왔으며 현재도 마음이 편안하다는 뜻이겠지요. 노년이 되어도 여유가 없고 뭔가 불편한 것이 있다면 잔잔한 미소보다는 표정이 심각하거나, 굳어 있거나, 어두워 보일 것입니다. 세상살이에 지쳐서 웃음을 잃어버리는 경우도 있겠지요. 아직도 못마땅한 세상에 한탄만 하고 있으면 미소는 고사하고 인상을 안 쓰는 것만 해도 다행일 것입니다.

사실 밝고 잔잔한 미소는 인생살이에서 초연해졌을지도 모르는 노인들에게서 기대할 수 있는 것이라고 생각합니다. 하지만 그렇지 못한 노인들을 보면 안타깝기 짝이 없습니다. 미소를 잃은 노인들은 어쩌면 아직도 깨닫지 못한 것이 있어서 그런 모습을 하고 있는지 모릅니다. 그것은 바로 '마음의 여유와 초연함은 외적 환경에 의해서 주어지는 것이 아니라 자신이 만들어가는 것'이라는 깨달음입니다. 천당과 지옥이 모두 내 안에 있는데, 자신 안에서 천당을 찾지 못한 것에 비유할 수도 있겠습니다. 억지로 미소를 지을 것이 아니라 내 안에서 해결하지 못한 것을 해결하면 됩니다. 그러면 표정도 밝아집니다.

내가 편하면 세상이 편합니다

◇

　정확히 인용하는 것인지 모르겠지만 에이브러햄 링컨은 40세가 넘으면 자기 얼굴에 책임을 져야 한다고 했답니다. 맞는 것 같습니다. 사람이 외적으로 풍기는 분위기는 그 사람의 존재를 반영하기도 합니다. 예를 들어서 차갑게 생긴 사람은 실제로 대해보면 차가운 경우가 많습니다. 양 입가의 가장자리가 밑으로 처져서 거만해 보이는 사람은 실제로 거만할 수도 있습니다. '행위는 존재를 따른다'고 하는데, 확실히 표정은 그 사람의 마음을 반영합니다. 웃는 얼굴에 침 못 뱉는다는 말이 있지만, 그렇다고 해서 얼굴의 맑은 미소와 밝은 웃음은 억지로 만들어지는 것이 아닙니다. 소위 썩소라고 하는 억지로 마지못해 짓는 미소는 금방 알아차릴 수가 있습니다.

마음이 편안하고 초연해지면 얼굴에 잔잔한 미소가 돕니다. 그래서 해탈한 부처님의 상을 조각할 때의 핵심은 부처님의 잔잔한 미소입니다. 노인들에게서 잔잔한 미소와 해맑은 웃음을 볼 수 있다면 젊은이들도 노인들을 좋아할 것이며, 늙어가는 것을 두려워하기보다는 어차피 늙을 것이라면 저렇게 늙고 싶다는 꿈을 가질 것입니다. 그렇다면 어떻게 해야 마음이 편안해지고 해탈한 부처님처럼 부드러운 미소를 지을 수 있을까요. 그리고 어떻게 살아야 초연함을 얻을 수 있을까요.

내가 변하면 됩니다. 한 많은 세상, 부당한 세상, 불공평하고 원망스러운 이 세상은 내가 아무리 불평을 해도 변하지 않습니다. 하지만 내가 변하면 세상이 변합니다. 비록 현실은 그대로라고 하더라도 1장 '받아들임'에서 언급한 것같이 현실을 받아들이면 더 이상 짐이 안 됩니다. 이 세상이 천상낙원이 아닌 다음에야 어떻게 살아가든 삶의 무게는 있기 마련이지요. 사람에 따라서 그 무게가 가벼울 수도 있고 무거울 수도 있겠지만 살아간다는 자체가 짐이고 피할 길은 없습니다. 그러한 현실을 받아들일 수밖에 없다면 그 무게를 줄일 수는 있을 겁니다.

성경에도 "고생하며 무거운 짐을 진 너희는 모두 나에게 오너라"(마태 11, 28)고 하지만 그 무거운 짐을 없애주겠다는 것이 아닙니다. 이어지는 말씀은 멍에를 메고 배우라는 것입니다. 그러면 그 멍에는 편하고 가벼워진다는 것이지요. 다시 말하면 '삶의 멍에를 내려주겠다'가 아니라 그것을 '가볍게 해주겠다'는 것입니다. 여기서 우리가 멍에를 메고 배워야 할 것이 무엇일까요. 그것은 사랑입니다. 사랑할 줄 알면 멍에의 짐은 가벼워집니다. 그러나 우리는 사랑을 할 줄 모르기 때문에 사랑을 배워야 합니다. 십자가에 못 박혀 죽으면서까지 당신의 생명을 내어놓으신 그 사랑을 배워야 합니다. 그리스도인들은 그리스도 예수님을 통해서 드러난 하느님의 사랑을 배웁니다. 사랑을 배우면 자신에게 변화가 일어나고, 비록 세상은 바뀌지 않을지라도 자신이 바뀌면 현실은 달라 보입니다. 그때 비로소 현실을 받아들이게 되지요.

헌신을 끌어안고 원망하며 살아가면서 온갖 인상을 다 쓰면서 바뀌지 않는 세상을 바꾸려고 애를 쓰는 것보다 나를 바꾸는 것이 더 편하고 쉽습니다. 세상이 나를 사랑해주지 않는다고 슬퍼할 것이 아니라 내가 사랑할 줄 알면 그 사랑을 받는 사람이 바뀌고 넓게는 세상도 바뀌게 됩니다. 어느 쪽이 더 쉬운가요. 쉬운 쪽을 택하면 됩니다. 내가 바뀌어서 비로소 마음이 평정되면 세상도 편안해집니다. 하지만 내가 불편하면 세상이 전부 싫어집니다. 나를 불편하게 만들고 나를 구속하는 그 무엇으로부터 탈출할 수만 있다면 마음이 평정되고 표정은 다시 회복될 것입니다. 어둡고 굳어버린 표정은 미소로 바뀔 수 있고 영혼은 자유로워집니다.

초연함

◇

　부족하기 짝이 없는 졸작 《자유로운 영혼을 위하여》에서 우리를 불편하게 하고 힘들게 하는 여러 가지 집착들에 대하여 언급했습니다. 그러한 집착들의 노예가 되어 있으면 표정이 밝을 수가 없습니다. 그러면 어떻게 그러한 구속으로부터 자유로워질 수 있는지, 맡김, 받아들임, 놓아버림과 하느님 사랑으로 설명을 했습니다. 하지만 이 책의 독자들이 모두 천주교 신자가 아니므로 이 중에서 두 가지만 요약해볼까 합니다.

　이미 첫 장(Open, 개방)에서 언급했지만 조금 더 부연하자면 받아들이면 됩니다. 그러면 내가 편안해집니다. 우리를 부자유스럽게 하는 것 중에서 가장 중요한 것은 현실을 받아들이지 못하는 것입니다. 노인들을 상담해보면 많은 경우에 몸이 아픈 것을 힘들어 하고 괴로워합니다. 얼마 전까지만 해도 두 다리로 어디든 갈 수 있었고 무거운 것을 거뜬하게 들었는데 이제는 걸을 수도 없고 허리가 아파서 오래 서 있지 못하니 너무나 괴롭다고 합니다. 그러나 세월이 가면 늙기 마련이고, 몸이 하나둘 망가지기 시작하면서, 병들고, 아프고 그렇게 죽어가도록 만들어진 것을 어찌합니까. 그나마 늙는 것을 받아들이면 조금은 덜 괴로울 것입니다. 못 받아들이면 하루가 지옥 같겠지요.

저도 나이가 들어가니 치아가 예전 같지 않습니다. 밥을 먹다가 돌을 씹어도 일찌감치 맹장을 떼어냈으니 아무 염려 없이 그냥 씹어서 삼켰습니다. 그렇게 튼튼하던 치아가 이제는 잇몸도 약해지고, 치아 사이가 넓어져서 음식물이 자꾸 끼고 아파서 원래 치아가 가지고 있던 힘의 60~70퍼센트밖에 사용하지 못합니다. 생각해보면 속상할 일이지요. 그러나 현실을 받아들이니 괴롭지 않습니다. 그나마 유동식이라도 먹을 수 있으면 다행이지요.

받아들임에 대해서는 1장에서 충분히 언급하였으니 그다음은 놓아버림에 대해서 조금 더 상세하게 언급해보겠습니다. 우리는 살아가면서 할 수 있는 것과 할 수 없는 것이 있습니다. 그중에서 내가 할 수 없는 것은 아무리 애를 써봐도 되지 않습니다. 그런데 자신이 할 수 없는 것까지 붙들고 있으면 괴로워서 견딜 수가 없게 되겠지요. 그래서 자신이 할 수 있는 것만 하고 나머지는 놓아버리면 됩니다. 그러면 마음이 편안해집니다. 내가 할 수 없는 것을 붙들고 괴로워하거나 고통스러워할 필요가 없습니다.

저는 어려서부터 비틀스의 노래 중에서 〈Let it be〉를 좋아했습니다. 학창 시절에는 거의 매일 흥얼거리며 다니곤 했는데 독자들의 대부분은 아시겠지만 가사는 이렇게 시작합니다.

When I find myself in times of trouble, mother Mary comes to me speaking words of wisdom, let it be.

이 가사에서 마더 메리(mother Mary)가 어머니의 이름일 수도 있지만 성모 마리아를 칭하는 것일 수도 있습니다. 가사의 대략적인 의역은 자신이 문제에 사로잡혀 있을 때 어머니 마리아가 나에게 다가와서 하시는 지혜로운 말씀이 그냥 두라는 것입니다. 다시 말하면 그냥 내버려두는 것이 지혜라는 것이지요. 앞에서 휴대폰을 분실한 저의 이야기를 했습니다. 해결되지 않을 것을 붙잡고 괴로워해봐야 자기만 손해입니다. 그리고 중요한 것을 놓아버린 경험이 있으면 그보다 덜 중요한 것을 놓아버리는 것은 쉽습니다. 다 놓아버리면 뭔가를 잃을 것에 대한 두려움에서 자유로워지고 마음도 편해집니다. 혹시 뭔가를 잃어도, 그것이 찾을 수 없는 것이라면 놓아버릴 때 미소를 지을 수 있습니다. 그러나 찾을 수 없음에도 놓지 못하면 괴로워서 견디지를 못할 것입니다.

어떤 책에서 읽었는지 기억이 안 납니다만 재미있는 일화가 하나 있습니다. 개울에 물이 불어서 징검다리가 그만 물에 잠겨버렸답니다. 그 개울을 건널 수 없었던 한 아녀자가 발만 동동 구르고 있었는데 마침 젊은 스님과 나이 든 스님이 함께 그 광경을 목격하게 되었습니다. 젊은 스님은 수도자로서 감히 이 여인을 업고 개울을 건너게 해줄 생각조차 못했답니다. 그런데 나이 든 스님은 여인을 업고 개울을 건넜습니다. 그런데 젊은 스님이 슬그머니 화가 나기 시작했습니다. 그리고 나이 든 스님을 나무랍니다.

"스님은 어쩌자고 수도자가 망측하게 여인을 업을 수가 있습니까?"

그때 나이 든 스님이 부드럽게 미소를 지으면서 말했다고 합니다.

"자네는 여인을 업지도 않아놓고 아직도 마음으로 업고 있구나. 나는 여인을 내려놓을 때 이미 마음에서 내려놓았다네."

나이 든 스님의 미소가 눈앞에 선합니다. 내려놓을 수 있어야 합니다. 그래야 초연해집니다.

좋은 인상

◇

　잘생긴 것과 좋은 인상은 분명히 차이가 있습니다. 아무리 잘 생겼다는 평가를 받아도 나쁜 인상을 주기도 하기 때문입니다. 필자가 사제가 되려고 가톨릭대학교에 편입학하기 전에 당시 나이로 결혼할 나이가 이미 찼습니다. 저는 3남 2녀 중에서 차 남이고 선친께서는 둘째 며느리를 봐야겠는데, 저에게 결혼 대 상으로 여성을 사귈 때 참고하라고 아버지의 의견을 말씀하셨 습니다. 여성을 인물화와 풍경화로 비유를 하자면 인물화 같은 여성은 눈에 얼른 들어올 수는 있으나 오래 보고 있으면 싫증나기 쉽다고 하셨지요. 반면에 풍경화 같은 여성은 눈에 얼른 들어오지는 않으나 보면 볼수록 더 매력을 느끼고 끌린다는 것이었습니다. 그러니 풍경화 같은 며느리 감을 데리고 왔으면 좋겠다고 의견을 주셨습니다. 그런데 이제는 결혼할 일이 없어졌으니 선친의 의견은 무의미해졌군요. 인상은 그 사람을 반영하는 것이 맞는 것 같습니다. 풍경화 같은 좋은 인상을 가지려면 좋은 마음을 가지면 됩니다.

반대로 나쁜 인상은 대부분 욕심이나 냉소, 심술, 불평불만과 같은 부정적인 요소로 만들어집니다. 예를 들면 온화한 인상을 주는 사람을 대해보면 역시 온화하고, 차가운 인상을 주는 사람을 대해보면 역시 차갑습니다. '얼굴에 욕심이 덕지덕지 붙어 있다'는 표현을 합니다만 사실 그대로가 얼굴의 표정에 반영되는 것이지요. 입가가 아래로 처지는 인상은 늘 불평하고 푸념하거나 냉소적이고 심술을 많이 부리면 만들어집니다. 특히 노욕(老慾)9)

---

9) 군자로서 경계해야 할 세 가지를 공자의 군자삼계(君子三戒)라고 합니다. 이는 청년기에는 여색, 장년기에는 완력, 노년기에는 탐욕을 경계하라는 뜻입니다. 노년기에 가장 중요한 것은 명예도 의리도 아니고 오로지 물질적인 욕구뿐이며 눈앞의 이익이라고 합니다. 이를 노욕(老慾)이라 하며 그것이 지나치면 노추(老醜)를 보이기도 하기 때문에 늘 경계해야 한다는 것입니다.

과 같은 부정적인 마음가짐이 지속되면 늙어서 나쁜 인상으로 고착됩니다.

이런 나쁜 인상으로 점점 굳어진다면 다른 사람들에게 친밀 감을 절대 줄 수 없을 것입니다. 그러나 그러한 나쁜 인상을 만 드는 것도 외부 환경이나 조건들이 아니라 자기 자신입니다. 우 리는 마음가짐에 따라서 얼마든지 좋은 인상을 스스로 만들 수 있습니다. 노인들의 특징 중에 하나는 불평불만이 많아진다는 것이라고 말하는 사람들도 있습니다. 그러나 지나친 일반화라고 생각합니다. 늘 긍정적이고 주어진 여러 여건들에 감사한 마음 을 가진다면 불평불만은 사라지고 표정도 밝아지겠지요.

늙으면 추해진다고 말하지만 이 명제 역시 일반화시켜서 모 두에게 적용하는 것에 절대 동의하지 않습니다. 아름다움은 대 상에 있는가, 아름다움을 지각하는 주체에 있는가 하는 문제는 이미 미학이라는 학문의 주제가 된 지 오래되었지요. 메소포타 미아 지역의 고대 비너스상은 오늘날 기준에서 보면 비너스라 고 말하기에는 해괴망측합니다. 소위 말하는 팔등신과는 거리 가 먼 마름무의 체형이며, 가슴은 기형적으로 크고 엉덩이도 지 나치게 크게 만들어졌습니다. 이러한 모양의 비너스를 가지고 다니면서 아름답게 느꼈던 그 시대의 사람들의 눈이 잘못된 것일까요. 아닙니다. 그 시대에서 미의 기준이 달랐기 때문입니다. 고대 메소포타미아 지역에서는 풍요와 다산이 미덕이었고, 그것을 드러내는 것이 최고의 미인이었기 때문에 비너스상은 그러한 모습을 지닐 때 아름다운 것이었습니다.

아무리 미모가 출중하고 뛰어나도 하는 짓이 미우면 꼴도 보기 싫어집니다. 반대로 그다지 잘생기지는 않았지만 수더분하고 하는 짓이 예쁘면 사랑스럽고 안아주고 싶은 마음이 드는 것이 보통이지요. 그러니 어찌 아름답다는 것이 외모에서만 결정된다고 말할 수 있겠습니까. 노인이 되면 피부도 늙고 머리도 빠져서 듬성듬성 나 있고, 심하면 이도 없는 모습으로 변할 수 있습니다. 어쩌면 그것이 각선미 뛰어난 현대의 미인대회 수상자의 모습이 아닌 펑퍼짐하고 마름모 체형에 우스꽝스러운 고대의 비너스상에 비유가 될 듯합니다.

고대 근동의 비너스상이 지금의 기준에서 보면 비록 우스꽝스럽고 볼품없다고 하더라도 그것을 아름답게 느꼈던 그 시대 사람들의 마음이 있었던 것은 사실입니다. 마찬가지로, 노인의 늙은 모습이 젊은이들이 보기에 비록 볼품이 없어도 내면의 아름다움을 가지고 있다면 누군가가 그 아름다움을 발견할 사람이 있을 것이라는 기대감은 근거 없는 지나친 비약일까요. 비록 외모는 형편없이 변했지만 내면의 아름다움은 외적 분위기로 드러날 수 있습니다. 행위는 존재를 반영하듯이 내면은 드러나게 되어 있기 때문입니다.

밝고 좋은 인상은 하루아침에 만들어지지 않습니다. 갑자기 만들어질 수 없는 것이라면 젊어서부터 준비해야 합니다. 좋은 인상은 예쁘다거나 추하다고 하는 개념과 전혀 다른 것이지요. 좋은 인상은 내면을 반영하는 것이며 서서히 세월이 만들어줍니다. 그런데 노인이 되면 인상은 이미 형성되고 굳어져 있어서 그때 인상을 만들어보겠다고 하면 때가 늦었다고 할 수 있습니다. 인상은 세월의 시간 안에서 천천히 내가 만들어내는 것입니다. 세월이 흘러 노인이 되어서 좋은 인상까지 줄 수 있다면, 위에서 언급했던 부드럽고 초연한 미소에 금상첨화가 될 것입니다.

왕성한 정신

◇

　세비야의 대주교 이시도로(Isidore)는 노년이 좋은 이유와 나쁜 이유를 설명하면서 "노년이 좋은 이유는 쾌락의 한계를 정하고 욕망의 힘을 분쇄하며, 지혜를 증대시키고, 현명한 조언을 허락한다. 나쁜 것은 노령이 초래하는 신체의 장애와 그것이 불러오는 혐오"[10] 등이라고 말합니다. 하지만 키케로는 이시도로가 부정적인 것으로 본 노인의 특성조차도 긍정적인 측면으로 보

---

10) 슐람미스 샤하르 외 6인, 앞의 책, 58쪽.

았습니다. 키케로는 젊었을 때 했던 일들을 노인이 되어서 할 수 없는 것이 얼마나 다행인가 하는 점을 강조합니다.11) 청춘이었을 때처럼 격정으로 도를 넘는 육체적 힘을 쓸 수 없다면 좀 더 품위 있게 살아갈 수 있다는 것이지요. 다시 말하면 신체가 약하다는 것은 정신에 좀 더 전념할 수 있다는 뜻이 된다는 것입니다. 뿐만 아니라 노년이 되어 청춘일 때보다 즐거움이 없어진다면 더 쉽게 현명해질 수 있고 고결하게 될 수 있겠지요. 그리고 죽음에 가까울수록 삶의 의미를 찾고 인생을 관조할 수 있고 품위 있게 삶을 대처할 수도 있을 것입니다.

그러한 점에서 단테는 키케로와 비슷한 생각을 한 것 같습니다. 단테는 노인의 죽음을 나무에서 떨어지는 사과에 비유했습니다. 마치 사과가 떨어짐을 자연스러운 것으로 받아들이듯이 인생 여정의 끝을 수용하게 되면 커다란 평화를 얻게 된다고 강조했습니다. 이렇게 해서 노년은 죄악이 사라질 뿐 아니라 정신적으로 고양될 수 있는 시간이 된다는 것입니다.

---

11) 키케로, 정영훈 엮음,《키케로의 노년에 대하여》, 정윤희 옮김(소울메이트, 2015), 112쪽.

프랑스의 낭만주의 작가였던 빅토르 위고는 1869년 68세의 나이로《레미제라블》을 썼습니다. 그는 그 후에도 계속해서 출판에 성공하면서 "내 몸은 쇠약해지지만 정신은 왕성하며, 노년이 꽃피기 시작하고 있다"고 말했다고 합니다. '고목나무에 꽃핀다'는 우리나라 속담도 있듯이 과연 노년에 꽃을 피운다는 것이 가능한 일일까요?

하지만 저는 노년을 꽃에 비유하기보다 단풍의 비유를 드는 것이 더 적합할지 모르겠다는 생각이 들었습니다. 꽃은 필 때는 아름답지만 질 때가 되면 지저분해지기 마련입니다. 그리고 지저분해진 후 땅에 떨어진 꽃잎을 줍는 사람은 별로 없을지 모르지만 단풍은 다릅니다.

어려서부터 여성성이 조금 있었던 저는 초등학생, 중학생, 심지어는 고등학생 때만 하더라도 꽃잎을 따서 책갈피에 눌러놓고 말린 다음에 친구에게 편지를 쓸 때 하나씩 끼워 보내곤 했습니다. 하지만 그렇게 꽃잎을 딸 때에는 아직 시들어 떨어지기 전의 싱싱한 꽃잎이었죠. 늙어서 추하게 된 시든 꽃잎이 아니었답니다.

그런데 단풍이나 은행잎은 나무에 붙어 있으면서 색이 변했을 때도 아름답지만 노란 은행잎처럼 늙어서 떨어진 잎도 아름다운 것이 많이 있지요. 사람들은 그중에 예쁜 것을 주워서는 책갈피에 눌러 간직하기도 합니다.

떨어진 꽃은 별로 아름답지 않습니다. 하지만 단풍은 떨어진 다음에도 아름다울 수 있습니다. 그러므로 빅토르 위고와 같이 왕성한 정신을 가지고 아름답게 늙어가는 노인을 단풍에 비유하고 싶은 것입니다. 그 단풍이 나무에 붙어 있든 땅에 떨어졌든 상관없이, 아름다움을 감지할 수 있는 감수성 있는 사람들의 마음을 사로잡는 그러한 노인이 되고 싶습니다. 사람들이 좋아한다면 나를 창조하신 분도 좋아하실 것입니다.

지금까지는 일반인들도 공감할 수 있는 소재들을 중심으로 이야기를 해왔지만 지금부터는 신앙인들이 공감할 수 있는 소재들로 팁을 드릴까 합니다. 사실 가장 아름답고 고운 얼굴을 가지려면 영적으로 맑아야 합니다. 따라서 가장 곱게 늙은 노인이 되고 싶다면 가장 영성적인 사람이 되면 된다는 확신이 있습니다. 요즈음은 영성(spirituality)이라는 개념이 신학적으로 사용되지 않고 인문학적 개념으로도 많이 사용됩니다. 여기서 영성의 개념을 논할 필요는 없겠지만, 혹시 독자가 가톨릭 신앙인이라면 가톨릭 안에서의 관용적 개념으로 이해해도 되겠습니다. 영성 생활은 수도자나 성직자만 할 수 있는 것은 아닙니다. 영성 생활을 하는 신자들을 보면 영적으로 맑아서 아름다워 보입니다. 곱게 늙는 방법 중 하나는 영혼을 맑게 하는 것입니다.

맑은 영혼은 기도로

◇

　가장 아름다운 사람은 신심이 깊고 기도하는 사람이라는 것에 의심의 여지가 없습니다. 가톨릭대학교 성신교정에서는 사제 지망생들만 모여서 기숙사 생활을 합니다. 그래서 아침 미사에는 신학생들만 참례하는 것이 보통입니다. 물론 신학교는 봉쇄구역입니다만 수도원이 모두 그러하듯이 대성전은 누구에게도 개방이 됩니다. 그러나 아침 미사는 이른 새벽에 드리기 때문에 외부 사람들이 들어와서 함께 미사를 하는 경우가 아주 드뭅니다. 그런데 어느 날부터인가 아침 미사에 갈멜 소속의 한 학생

수녀님이 수업이 있는 날이면 뒤에서 미사를 함께 드리기 시작했습니다. 남자들만 있는 신학교 아침 미사에서 제가 성체를 모시고 자리로 돌아갈 때이면 성당 뒤쪽에서 두 손을 모으고 기도하는 홍일점 수녀님의 모습을 볼 수 있었습니다. 물론 수녀님을 이성으로 본 것은 아니지만 그보다 더 아름다운 여성을 본 적이 없었습니다.

인간은 아무리 잘나봐야 하느님 앞에서는 그저 한 피조물일 뿐입니다. 그러한 인간이 자신을 지어내시고 생명을 주시고 존재하도록 하신 창조주 하느님과 교감한다는 것은 원래 자신의 모습을 회복하고 있다는 뜻일 것입니다. 이렇게 인간은 원래의 모습으로 되돌아갈 때 가장 아름답게 보이는 것 같습니다. 인간은 교만할 때 가장 추해 보입니다. 인간은 하느님과 같이 완전한 존재가 아닙니다. 그래서 인간은 부족함을 그대로 인정하고 그것을 드러낼 수 있을 때 인간다워집니다. 하느님은 하느님이어야 하고 인간은 인간이어야 합니다. 인간이 인간다워야 아름답습니다. 기도는 그것을 가능하게 합니다. 기도는 내 존재 근거를 찾고 존재 근거를 인정하는 몸짓이기 때문에 기도하는 영혼은 맑고 아름답습니다.

서울대학교 수의학과에 다니던 한 여학생이 저에게 이러한 고백을 했습니다. 그 학생이 한 남학생에게 반했답니다. 그 남학생이 묵주기도 드리는 모습이 너무도 아름다워 보여서 흠모하기 시작했답니다. 그런데 나중에 알고 보니 묵주기도는 고해성사를 보고 나서 받은 보속이었고, 공부는 돈을 많이 벌 수 있는 특정 직업을 갖기 위한 것임을 알고 바로 실망했답니다. 물론 지금은 그 남학생이 아닌 다른 남자의 아내가 되어 있습니다. 이 이야기의 핵심은 한 여학생이 기도하는 남학생에게 반했다는 것입니다. 기도하는 모습, 그것은 절대자 앞에 선 인간이 원래의 자기 모습대로 돌아가는 순간이기 때문에 아름답습니다. 그러니 아름답게 늙기 위해서는 기도하세요.

　늙으면 활력은 떨어지고, 건망증은 심해지며 분별력도 약해지는 것이 일반적인 현상일 것입니다. 그리고 젊음과 열정이 줄어들지만 줄어드는 그만큼 영혼의 헌신은 늘어날 수 있으며 영혼은 더욱 고양될 수 있습니다. 적절한 비유가 될지 모르지만 우리의 감각 기능 중에 하나를 잃으면 다른 감각 기능은 더욱 발달하도록 만들어졌습니다. 마찬가지로 인간을 영혼과 육체로 구분하자면 어느 한쪽이 쇠퇴하면 다른 한쪽이 발달할 것이라는 기대감은 틀리지 않을 것 같습니다. 이러한 연관성에 대해서는 확신이 없으나 이 분야에 대한 근거를 확보할 수 있는 연구가 있었으면 좋겠습니다. 육체의 쇠퇴에 반하여 영혼을 살찌우는 가장 좋은 방법은 초월자를 만나는 것입니다. 기도는 만남으로 시작합니다.

기도하는 신앙인은 기본적으로 형이상학을 살아가는 사람들입니다. 형이상학이라는 단어는 영어로 metaphysics이지만 원래는 희랍어에서 뒤쪽, 혹은 넘어선다는 뜻의 메타 $\mu\varepsilon\tau\alpha$;meta와 물질이라는 $\phi\upsilon\sigma\iota\varsigma$;physics의 합성어입니다. 따라서 현상적이고 물질적인 가시세계를 넘어서 실재와 진리를 찾는 학문으로 이해해도 좋을 듯합니다. 그 너머의 세계로 들어가는 문이 바로 기도이기 때문에 기도하는 신앙인은 형이상학을 사는 사람이라고 할 수 있는 것입니다.

노후에는 더욱 훌륭한 기도하는 신앙인이 될 수 있습니다. 노후에 노동연령에서 벗어났다는 것은 시간적 여유도 생겼다는 말이 될 수 있습니다. 젊을 때 시간이 없어 기도 시간을 많이 낼 수 없었다면 이제는 나이가 들어 기도 시간을 낼 수 있으니 얼마나 다행입니까. 그런데 기도는 쉽지 않습니다. 그리고 시간이 많다고 잘할 수 있는 것도 아닙니다. 왜냐하면 마귀나 사탄이라고 칭해도 좋겠습니다만 하느님과의 만남을 방해하는 그러한 악의 세력들이 하느님과 가까이하는 것을 시샘하며 끊임없이 기도를 방해할 것이기 때문입니다. 그러나 노인의 인내심은 그것을 극복하고도 남을 영적인 힘을 가지고 있습니다. 그것은 노인들이 저마다 혹독한 삶을 살아오며 그것을 이겨내는 과정에서 학습한 인내라는 무기가 있기 때문입니다. 그렇게 해서 기도를 잘할 수만 있다면 맑고 아름다운 영혼을 소유한 노인이 될수 있습니다.

마치며

인간은 의미를 찾는 존재입니다. 어떠한 형태의 삶을 살아가든 자신의 삶에 대한 의미를 부여할 수 있고, 또 자신이 살아온 삶 안에서 의미를 찾을 수 있다면 정서적 안정감을 갖게 되고 적어도 헛살았다는 자괴감은 들지 않을 것입니다. 우리의 영혼을 망가뜨리는 허무감이나 좌절감은 삶의 의미를 찾지 못해서 생기는 경우가 많습니다. 인생의 끝자락에서 삶에 아무런 의미를 찾지 못하면 인생은 너무 허망합니다. 하지만 노년이 되어가면서 곱게 늙는 것에 관심을 갖기 시작하면 삶의 의미도 조금

씩 부여할 수 있을 것 같습니다. 그러나 곱게 늙는다는 것은 젊을 때부터 준비해온 삶의 결과가 반영된 것이지 하루아침에 갑자기 이루어진 것이 아닙니다.

청춘일 때에는 열심히 일하고 벌어야 합니다. 하지만 노년이 되어서도 아직 일을 해야만 생계를 유지할 수 있다면 참으로 안타까운 일입니다. 이태리 속담에 '20대에 자질을 갖추지 못하고, 30대에 지식을 쌓지 못하고, 40대에 재산을 갖지 못하면 결코 중요한 인물이 될 수 없다'는 말이 있습니다. 이 말은 노년에 들어가서 가난에 찌들지 않도록 훈계하는 듯합니다. 일로부터, 생계로부터 자유로운 노인이어야 아름답게 늙어갈 수 있다는 말처럼 들리기도 합니다. 그러므로 곱게 늙기 위해서는 젊어서 열심히 일해 어느 정도 재력도 갖추어야 할 것입니다.

그렇다고 해서 필자는 물질의 중요성만을 말하는 것은 아닙니다. 젊어서 경제력을 축적할 수 있을 때 게을리하지 말라는 것이지 노년의 행복과 만족한 삶이 경제적인 것에 달려 있다는 뜻은 아닙니다. 다시 말하면 젊어서부터 준비된 삶을 살아야 한다는 것이지요. 그것은 재력이라는 외적인 준비뿐 아니라 내적인 준비도 병행해야 한다는 뜻입니다. 특히 내적인 준비도 젊은 청춘 때부터 많은 연습을 해야 합니다. 그렇다면 내적 준비는 무엇입니까.

나이가 젊어서는 삶의 여정이 밖을 향해 있어서 외적 여정(journey out)이라고 부르겠습니다. 모든 것이 새롭고, 그래서 새로운 것들을 접하고 배워야 하며, 사람도 사귀고, 돈도 벌고, 놀러 다니기도 하면서 청춘은 분주합니다. 그래서 젊을 때에는 외적 여정을 살아가지만 나이가 들수록 삶의 여정은 안으로 향합니다. 이럴 때를 내적 여정(journey in)이라고 합니다. 산다는 것이 무엇인지, 왜 사는지, 나는 누구인지, 세상 안에서 나의 존재는 무엇인지, 삶의 의미가 무엇인지, 그러한 질문들은 분주한 청춘 때에는 유보했던 문제들이었을 것입니다. 그러나 노년이 되어 지난 삶을 회고하게 되면서 자연스럽게 외적 여정은 내적 여정으로 전환이 일어나기 시작합니다.

그런데 내적 여정으로 향할 때 던지는 여러 질문들에 좋은 답을 구하려면 우선 선지식이 있어야 합니다. 선지식이 풍부해야 좋은 질문을 던질 수 있고, 좋은 질문을 던질 수 있어야만 좋은 답을 얻게 됩니다. 아는 것이 없으면 질문도 못 합니다. 이때 선지식은 젊어서부터 쌓아야 하는 것이고, 질문 역시 젊을 때부터 학습되어져 있어야 합니다. 선지식도 부족하고 내적 여정을 젊었을 때부터 연습하지 않으면 늙어서도 삶의 의미를 찾는 것에 실패할 수 있습니다. 그러면 노후의 삶은 고통스럽고, 마침내 후회로 가득한 삶을 짊어지고 세상을 떠날 수도 있습니다. 그런 의미에서 아름답고 곱게 늙기 위해서 젊어서부터 내적 여정의 준비를 시작해야 한다는 것입니다. 외적 여정의 삶을 살다가 갑자기 내적 여정의 삶으로 들어가면 자신이 무엇을 어떻게 해야 할지 잘 모를 겁니다. 그러면 그냥 체념해버릴 수도 있겠지요. 체념하는 순간 심리적으로 퇴행은 시작될 것입니다.

내적 여정에 충실하게 되면 누구나 종교적인 사람이 될 수밖에 없습니다. 그렇다면 참종교에 대한 식별도 필요합니다. 사이비 종교에 빠지면 인생의 완성이 아니라 파멸로 끝나버리기 쉽기 때문입니다. 그러면 노후에 여유롭게 살기 위해서 젊어서 쌓아둔 재산을 모두 잃어버릴 수도 있고 심하면 영적인 생명은 물론이고 육신의 목숨까지 잃기도 하지요. 올바른 영적 식별(discernment)은 종교의 선택이나 신앙생활에 있어서 가장 중요한 것 중 하나입니다. 내적 여정은 건강한 종교생활 안에서 더욱 잘 실현될 수 있습니다.

아름답게 나이가 들어가기 위한 삶의 내적 여정은 노년에 이 지구 위에서 인간이라는 피조물로서 존재했던 그 이유를 알아차리고, 삶에 의미를 부여하며, 그 안에서 편안한 마음으로 세상을 떠나는 것이겠지요. 그러한 내적 여정을 저는 이미 시작하였고, 그리고 마침내 편안한 마음으로 생을 마감하는 것이 제가 일궈내야 할 삶의 목표이기도 합니다. 마치 나뭇잎이 떨어지면 봄에 새 잎이 돋아나듯 우리가 이 세상을 떠나야만 다음 세대가 세상을 아름답게 꾸미게 되지요. 그렇게 이 세상을 후대에 넘겨주고 떠날 때에 아름답고 품위 있게 마무리 할 수 있다면 죽음도 그리 슬픈 일로 받아들일 이유가 없을 것 같습니다.

정진하지 않으면 퇴행하여 어린애처럼 되고 맙니다. 정진해야 곱게 늙습니다. 마치 올림픽에 나가서 승리의 월계관을 쓰듯이, 내적 여정의 올림픽(Olympics)에서 승리해야 합니다. 젊은 청춘 시절에 씨를 뿌리며 지내고 난 후 노년에 곱고 아름다운 열매를 맺을 수 있으려면, 아직은 젊다고 느껴지는 지금 이 순간에도 씨 뿌리는 수고를 해야 합니다. 노년에 나약한 몸과 마음을 지탱해주는 것은 한 인간으로 완성될 성숙한 열매일 것입니다. 그 성숙의 열매가 노후를 지탱하게 될 지팡이라고 생각해도 좋을 듯합니다. 안타까운 것은 저에게 모델이 되어줄 만한 그런 노인들이 눈에 쉽게 들어오지 않는다는 것입니다. 다행이 현존하는 분들 중에서 졸작을 교정해주신 은사님, 필자의 어머니와 몇몇 분들을 노령화의 모델로 삼았고 그것을 기초로 스스로 묵상을 통해서 찾아나가기로 했습니다. 그나마 조금은 찾아낸 것들이 있어서 이렇게 정리할 수 있게 되었지만, 앞으로도 얻은 것이 있다면 그것을 토대로 내적 여정에 정진하려고 합니다.

노인들은 연극으로 치면 인생무대의 마지막 장에 서 있는 사람들입니다. 무대의 마지막 장에서 마무리가 감동적으로 끝난다면 공연의 전체가 찬란하게 빛날 것입니다. 끝이 좋으면 과정마저도 모두 빛나기 때문입니다. 이렇게 연극이 모두 끝나고 난 뒤에 모두의 갈채를 받으며 무대 뒤로 유유히 사라지면 됩니다. 공연은 보여주기 위한 것이 아니라 자신의 삶 자체입니다. 그 공연을 관람하는 관객들은 '품위 있게 잘 늙은 노인은 청춘보다 아름다운 것이구나'라고 고백할지 모릅니다. 일몰은 늘 사람들의 마음을 뭉클하게 하지요. 마지막 남은 열정을 모두 불사르듯 사라지는 찬란한 태양은 비록 우리의 눈앞에서 서서히 사라져가지만 그 여명은 세상을 온통 아름답게 만들어 사람들을 감동시킵니다. 우리들의 인생 황혼기에도 마찬가지였으면 좋겠습니다. 그래서 저는 젊게 보이려고 애쓰는 것을 포기하는 대신에 아름다운 황혼—곱고 아름답고 품위 있게 늙는 것을 남은 삶의 목표로 삼았습니다.

곱게 늙기

1판 1쇄 발행 2018년 7월 5일
1판 8쇄 발행 2023년 4월 12일

지은이 송차선
펴낸이 김성구

콘텐츠본부 고혁 조은아 김초록 이은주 김지용
디자인 이영민
마케팅부 송영우 어찬 김하은
관 리 김지원 안웅기

펴낸곳 (주)샘터사
등 록 2001년 10월 15일 제1-2923호
주 소 서울시 종로구 창경궁로35길 26 2층 (03076)
전 화 02-763-8965(콘텐츠본부) 02-763-8966(마케팅부)
팩 스 02-3672-1873 **이메일** book@isamtoh.com **홈페이지** www.isamtoh.com

ⓒ 송차선, 2018, Printed in Korea.

ISBN 978-89-464-2086-1 03810